中公文庫

金子光晴を旅する

金子光晴
森三千代 他
中央公論新社 編

中央公論新社

目次

Ⅲ　金子光晴と私

Ⅳ　金子光晴を旅する　257

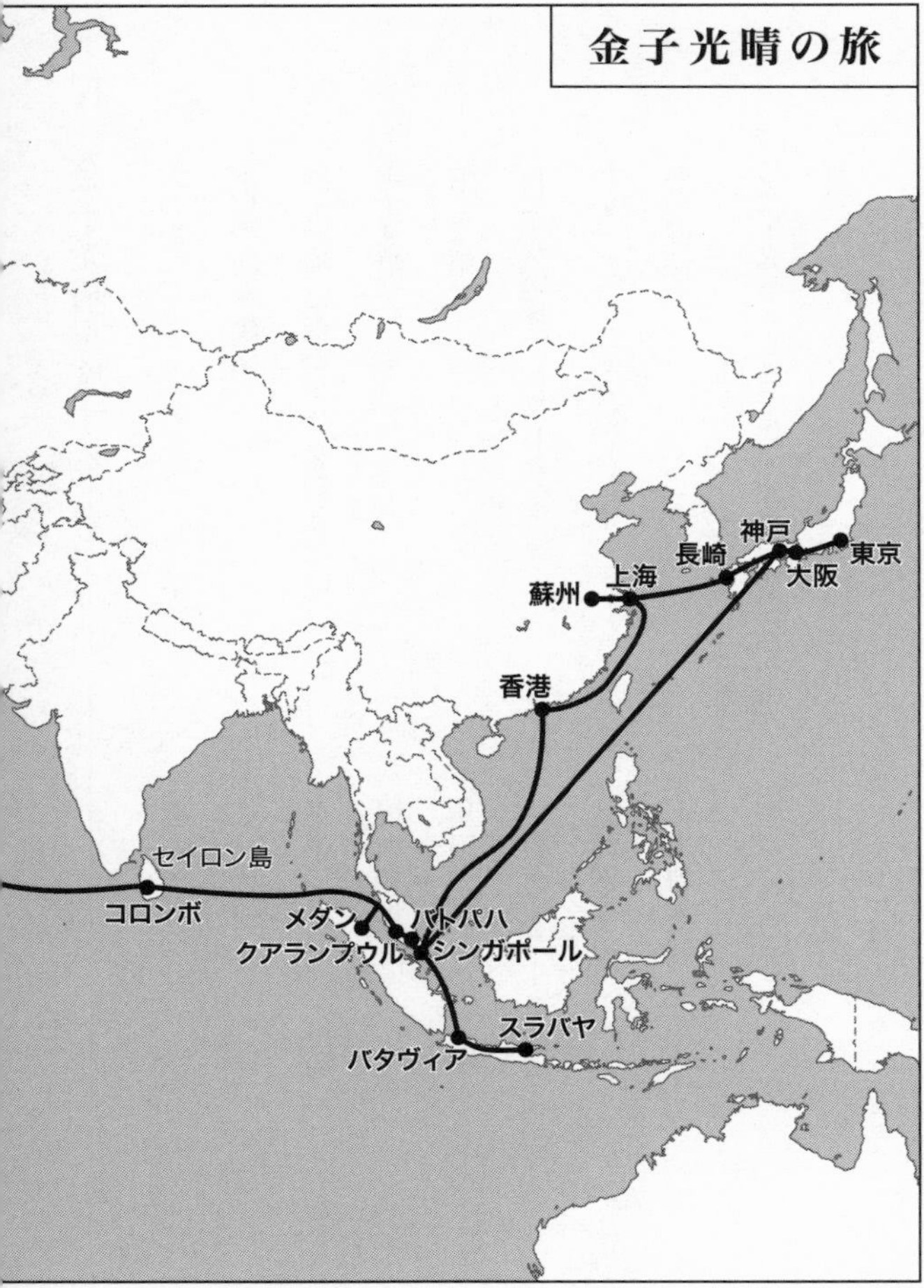
金子光晴の旅
東京
大阪
神戸
長崎
上海
蘇州
香港
セイロン島
コロンボ
メダン
バトパハ
クアランプウル
シンガポール
スラバヤ
バタヴィア

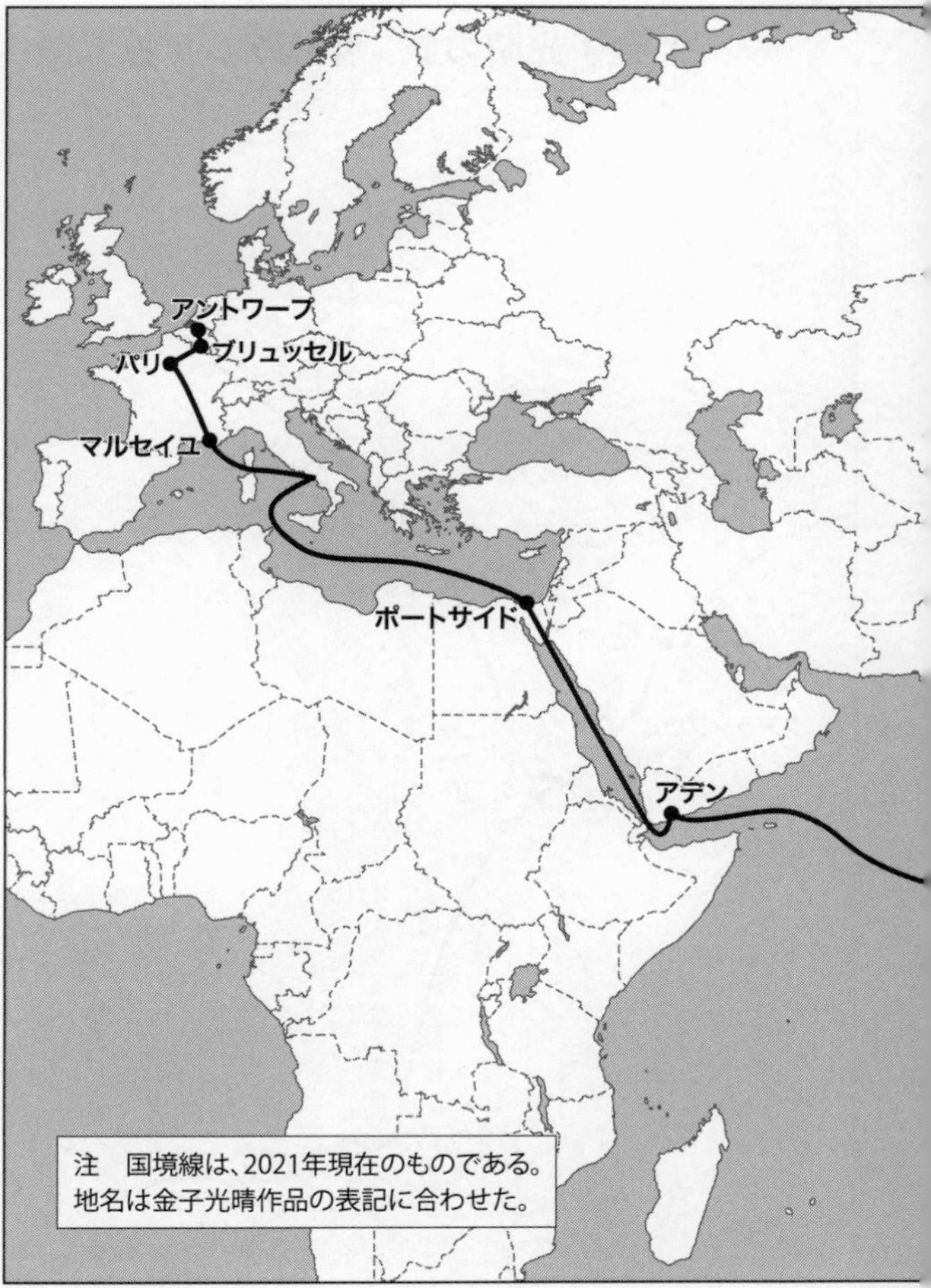

注　国境線は、2021年現在のものである。
地名は金子光晴作品の表記に合わせた。

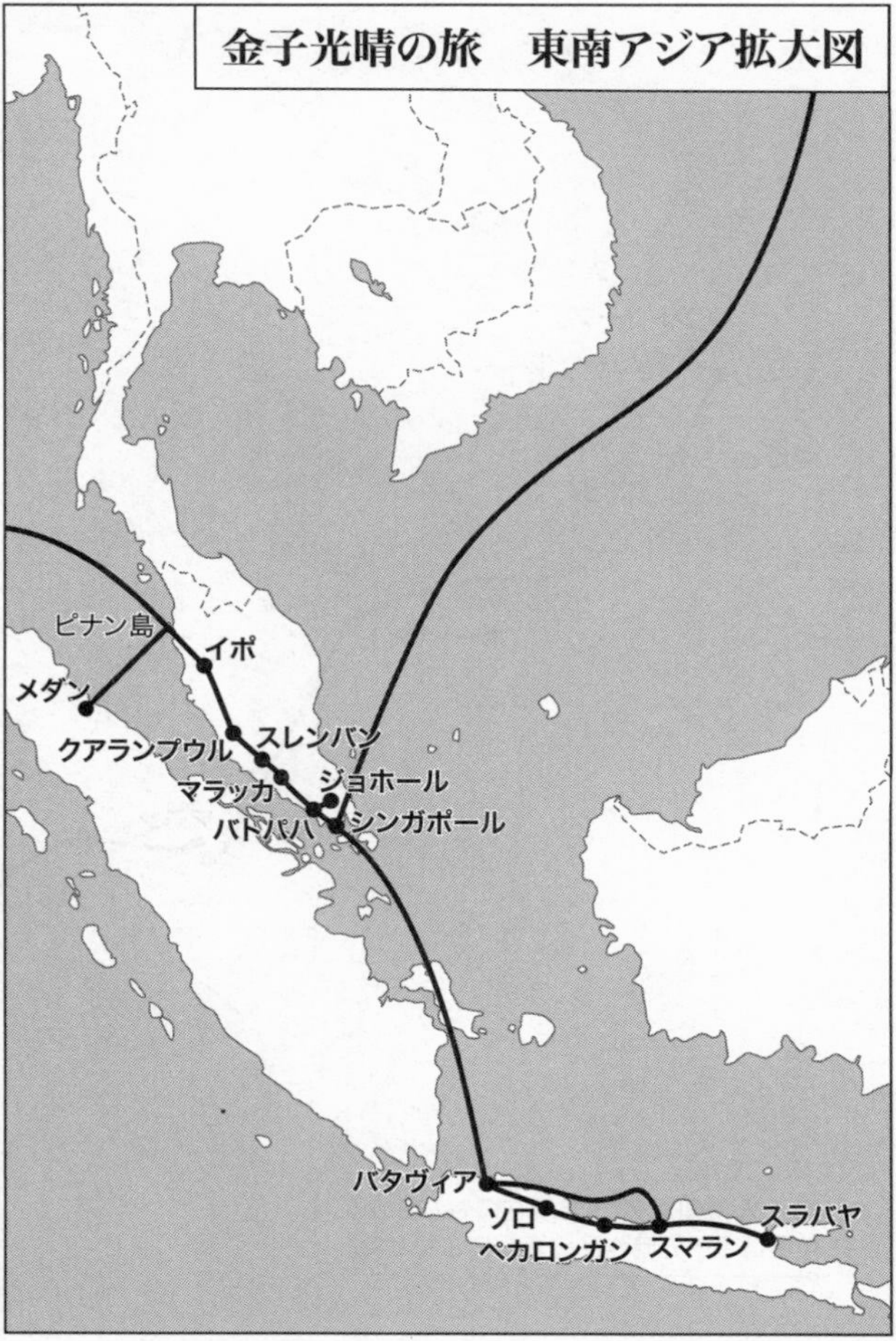

金子光晴の旅　東南アジア拡大図

金子光晴を旅する

I　金子光晴、旅を語る

不穏な漂泊者

聞き手・開高 健

しばらくぶりで金子光晴さんに会ったら顔がすっかりおじいさんになっているのでおどろいた。さながら寒山拾得である。やせて、皺が寄り、眉が長くのびている。薄くて赤いくちびるがかたくなに一文字に閉じ、なみなみならぬ癇癖の強さ、皮肉、叛意をたたえているところは変りがなく、話をはじめるとやがて眉のなかで眼がよみがえり、いきいきと光ってうごき、ときどき持ちまえの茶目気分が閃きはじめる。そうなるといよいよ《金子光晴》の顔となる。けれど、静止したときには、かつて目にしなかった寒山拾得がいたるところにあらわれる。その横顔は、いわば、高徳の破戒僧である。

七十歳の顔のしたに十七歳の少女の膚がつづいている人がいたら、けったいなことではあるまいか。詩人はそれがかねがね自慢で、今日はヒョイと腕をまくってみせた。うぶ毛一本もない膚である。青いまでに澄んだ、絖《ぬめ》のようにしっとりとした膚である。白い肉がつややかにしまり、老斑も黒子もなく、歳月の毒や渣《おり》は一点もとどめず、ピンと張っている。たじたじとなりながらその少女の膚を眼で追っていくと、首まで来てから、とつぜん寒山拾得が顔を出すので、また、たじたじとなっちまう。こういうのは何と呼ぶ体質なのだろうか。

金子　みごとでしょう、え？

開高　むしろ不気味ですよ。

金子　いつか病気になって医者のところへいったら、おまえは顔はまずいが尻《けつ》がいいっていわれましてね。女みたいだって。だけどこの年の女でこんな膚したのはいないよ。

開高　貸したんですか？

金子　いや、あの趣味だけはないんだ。あれはいまもってわからない。僕のことをジュネにたとえる人がいるけれど、それはまちがいでね。あの趣味はわからないんだよ。

金子さんの詩がお孫さんをいつくしんだ『若葉のうた』を別として老年になってからもたえまなく迷走と混沌で疼きつづけている事情のうらには若い下部が老いた上部をつきあげて、どうしても日本的回帰の枯れかたを許そうとしない、という体質があるのかもしれない。胆汁質とか粘液質とかで人間を分類した哲学者を呼んできて意見を聞いてみたい気がする。

東京でも大阪でも、日本全国、いたるところに焼跡があった頃、私は（旧制）高校生だったり大学生だったりした。学校には籍をおくだけで、奨学金をもらいにいくか試験をうけにいくかのほかは寄りつかなかった。その頃の学生の十人のうち六、七人までがそうだったように、何とかして生計をひねりださねば餓死してしまいそうな気配だったから、パン焼見習工や旋盤見習工など、手あたりしだいの仕事をして、ようやく息をついていた。そして金が入ると、食う物を節約して酒を飲んだ。うまいから飲むのではなくて、オトナになりたいばかりに飲んだり、とにもかくにも飲むので飲んでしまうのだった。米のかわりにキューバ糖が配給されると、それを水にとかして一升瓶に入れ、パン屋でくすねたイーストをまぜ、毛布にくるんで押入れにつっこんでおくと、奇怪な味のする酒ができた。マッカリ。ドブ。バクダン。焼酎。それからジャンジャン横町には《ウ、イ、ス、ケ》という人を食った怪酒を飲ませる店もあった。繁昌ぶりを誇るために南京豆の殻を床いちめんに散らしてある小屋で、そこに敗戦で粉砕された大人たちがひしめき、血みどろの牛の肝臓を唐辛子にまぶしては焼酎で呑みくだしていた。彼らは兵隊靴や半長靴で南京豆の殻をザクザク、ばりばりと踏みしだきつつ、茫然としたり、黙りこくって殺気を肩からたてたり、喧嘩、口論、殴りあったりしていた。コドモが一人くらいまぎれこんでも誰もとがめなかった。

いまになってふりかえると、焼跡は優しかった。焼跡には折れた煙突だの、ねじれた水道管だの、赤錆びの鉄骨の林、崩れのこった盲いたような壁だのしかなかった。大阪でも東京でもそこに雨が降ると雲から地表に達するまでの長い、垂直な雨足が一本一本眼に見える。まるで吉野の檜林に降るような雨が降った。凄惨な夕陽がゆるゆると地平線におちていくのがかなりたくさんの駅のプラットから見られた。そのような大自然はその後、北海道の北部の原野にしか私は見たことがない。荒地はやがて家、道路、ビル、工場、壁、塀などで包囲され、分断され、こまぎれとなり、埋められて、消えていった。彼らが追放される頃になってようやく私は彼らの清浄さや優しさにとらわれていることをさとった。錆鉄と石の無機質の原野には乾いた雑草がすりきれた脛毛のように生えていたが、膿むこともなく、腐ることもなく、赤裸、無垢、知恵もめぐらさねば言葉を工夫することもなく、人の眼のいろを見て喋ったり、鼻息をうかがったりなどを知らなかった。それほど純潔で優しい物はなかった。荒地がじりじりと埋立地へ追いつめられて海へ蹴落され、蒸発してしまってから以後は、ひどく生きるのがやっかいになった。人の心にある荒地はどう肉眼で見ることもできず、面積もわからず、手でまさぐりようもない。

　ボードレエルの詩を読んでいると無機物で造られた輝やける理想都市が描かれているが、華麗にもかかわらず堅硬な触物感があって、エリオットの『荒地』よりはるかに私をうった。死海周辺のネゲブ砂漠の荒涼もさることながら東・西ベルリンの廃墟を見たときはさらにゆりうごかされた。そういう光景に出会うとにわかに懐しさ、優しさがこみあげ、水のように音楽が湧きたって心が浄化されるのを感ずる。もし私が大金持なら日本の都会のどこかに地平線が目撃されるほどの面積を買い占め、モロトフのパン籠を降らして当時の焼跡を再現し、自然公園として指定、保存しておきたいと思うくらいである。

マラルメと中原中也と金子光晴をごちゃまぜに愛読している女と同棲するようになってから詩人の作品を知ったが、眼を瞠った。私がむさぼり読んだのは青年期の初発の官能をうたった作品ではなく、中年になって諸国をつらく放浪してから帰国後に発表された作品であった。私と同年輩や、さらに一世代上の〝戦後詩人〟たちが仕事をはじめていたが、まだ彼らは神経のそよぎに身を托していて、めいめいの心の、それからさきはどう墜ちようもない固い岩盤に達する方法を見いだせないでいた。私は彼らに共感をおぼえたが、詩句はまだまだヤスリにかけるとボロボロ崩れおちるところがあるように感じられた。私自身が崩れるままに崩れていくよりほかない身分なので、繊弱の肥満を避けたかったのだろうと思う。血族は懐しくもあるが、何かしらたがいに眼をそむけあいたくなるところもある。金子さんの骨太さ、放埒、図々しさ、破廉恥、向う見ず、激情と倦怠の絶妙のバランス、べらんめえと詩語の組合わせのみごとなリズム、あらゆる要素が膚にしみこみ、好ましくて、何の不消化も起さなかった。

『鮫』、『女たちへのエレジー』、『マレー蘭印紀行』、『落下傘』、『鬼の児の唄』、それらの集に脈うつ、ときにはつぶやくような、ときには朗誦するような日本精神批判の傑出ぶりについて、いまさら私がいうことはないだろうと思う。唯物史観によるジャガイモみたいにゴロゴロした紋切型用語の果てしない羅列であの戦争を批評、分析することが流行していた時代に『寂しさの歌』を読んで、孤寂が戦争をひき起したのだという批判を知ったときは、古畳から足のうらへジクジク這いあがってくるような説得力と、いきなり脳天へ鉈をうちこまれるような衝撃力と、二つの異種の力を味わって、ぐったりなってしまったことをおぼえている。後年、伊藤整氏が名著『小説の方法』でブルーノ・タウトの桂離宮についての論文を採用しつつわれらが朦朧の純粋追求癖を追及、分析しはじめられたとき、博引傍証の氏にも似合わずどうして金子さんの詩が採用されないのだろうかと、遠くのファンはいらいらしていた。

ファンとしてもう一ついわせていただくなら、めくら千人のこの世である。あの頃の金子さんの作品は、いくつとなく版と出版社を変えて出版されているのに、ことごとく逸品中の逸品の『マレー蘭印紀行』をおとしてしまっている。この紀行文と、きだみのるの『モロッコ紀行』(ただし、初版の、それ)は昭和の日本知識人の書いたもっとも優秀な紀行文だと私は思う。散文だから詩集に入れないなどとケチなことはいわずに、朝の起きがけに洗った眼か、いくらか疲れて何でも入ってくるものは入ってくるままにまかせるという心にあるときに、読みかえしていただきたい。それは乞食暮しで南方の島から島へ流亡しつつ詩を断念した詩人がちびた鉛筆でためつすがめつ単語を選び、磨いて、書きとめた、無償の傑作である。牛車に乗ってボルネオの奥地へ入ってゆくからゆきさんたちの悲痛な骸骨の物語が官能にみちながらしかも筋がたつまで洗いさらした言葉で綴られている。

　何のために山に登るのかが本人以外にはどう理解のしようもないように、何のために旅をするのかも理解されない。港の船のドラ、空港のコール・サイン、夜ふけの駅のラウド・スピーカー、たしかにあれらの音や少女の声のなかには旅人だけが知っている旅の目的の全一瞬がある。汽車に乗りこむ。飛行機に入る。船室にスーツ・ケースをかつぎこむ。さて、そこで全一瞬は翳りはじめる。あとは多少、毛色の変った日常の連続である。ヒゲを剃る。チップを払う。夕食の予約を申込む。交通公社の係員とホテルの番頭のあいだをパチンコ玉のようにあっちこっちひっかかりつつ、とどのつまりは東京という穴へもどってくるために人びとは出発するのである。昔は変貌するために人びとは旅に出発したが、いまは途中下車として出発する。けれど金子さんの旅はそうではなかった。望まないのに母国にとって不穏、危険、衝撃となるものを避けようもなくつかんで帰ってきてしまった旅であった。自ら選んだ旅として東京からパリへつくまでに二年も三年もかけた作家、詩人は昭和文壇にいない。アチラで食うや食わずのままゴロツイて、餓死しそうになり、またえっちらおっちらと月日をかけて、通算十年、日本に沈黙を守った作家や詩人もいない。外国にはこういう人たちはザラにいて、そのうちつぶされのこった人が母国に帰りつき、文壇を不安がらせ、ゆさぶって、新陳代謝をしたようである。それがわが国に皆無であるということは、つまり、いかに私たちの感情生活の帯が狭いか。いかに作家や詩人たちが異物を恐れているか。どれほどにか長屋や箱庭の暮しに淫しきってしまったことか。あれだけ昭和文壇は自国、異国のつぎからつぎへの多様なる意匠にいろどられながら、ついにボヘミアンはたった一人しかいなかった、といえるのではないか。

『詩人』という自伝に金子さんの放浪の赤裸ぶりがでている。奥さんの森三千代さんが戦後に書いた『パリ・アポロ座』という小説にもでている。「新潮」に森さんが書いた短篇、「人間」であったか「群像」であったかに金子さんが書いた短篇にもその頃の消息が描かれていた。森さんの描きだすところでは詩人は気の弱い、こらえ性のない、とりとめのないインテリ乞食のダメな男で……ということになっている。けれど、オーウェルのパリ放浪も、ヘンリー・ミラーのパリ放浪も、常識人の眼からすれば、ことごとく気の弱い、こらえ性のない、とりとめのない、瞬間の純情に生きた、ダメなインテリ乞食のそれである。いったい棒で叩かれてクラゲのように形なくのびちぢみする術を身につけないで放浪など、できるものか、どうか。

暗いパリに凍てつくような冬が来ると感ずると、コオロギは羽根も足もすりきれたままバターの塊りをかついで、カタツムリの殻のなかを巡るようにして一段、一段、螺旋階段をのぼって、屋根裏部屋にたどりつく。窓も天窓もないような暗くて、冷たくて、じめじめしたゴミ箱。テーブルに買ってきたバターの塊りをおき、ペロリと舐める。それから棒パンをひときれ齧じる。ベッドにひっくりかえる。夜が明けて翌朝になると、またバターをペロリと一舐めし、棒パンをひときれ齧じり、ベッドにひっくりかえる。考えるでなく、思うでなく、書くでなく、企むでなく、明けても暮れてもバターと、パンと、水。一冬じゅう、ずっとそうやって、ただベッドで眼をあけたり閉じたりしながら、うつらうつらと時間を肩越しにうっちゃっちまう。春になって街へでていくと、日光や風が膚にヒリヒリと痛くて、体が葉脈のように透《す》けてしまった。

開高　あんな寒い石の都でバターとパンだけというのを続けていらっしゃると、思想とか感覚はどういうふうに変化してくるものですか？

金子　そりゃあ頭は冴えますよ。一時、頭は冴えて、カーンとしてくるんだ。冷たくてカーンとしてくる。冴えるけれども、僕らは何もしているわけではない。物を書いてるわけじゃなし。そんな気持もないから、まったく無駄な話ですよ。だいたいその気がなかったですよ。物を書く生活にもどる気がね。日本がイヤでイヤでならないからとびだしたんだから。まア、おそらくヨーロッパからは出られまい、ここで一巻の終りかという気があったしね。
開高　冴えてくるというと眠りっぱなしなんですか？
金子　そう。冴えっぱなしの眠りっぱなしですね（笑）。
開高　トロトロと？
金子　はじめは冴える。それから少しにぶくなってくる。眠りっぱなしになる。何か外へでようとしても足がたよりなくなってくる。妙なものですよ。紙きれみたいになっちゃうの。

リヨンの町に昔の中学校の同窓生がいると聞いてでかけたところが間違いだとわかった。行きの汽車賃を持ってパリを出たきりなので、途方に暮れた。けれど、たまたま紙と筆を持っていたのでデパートへでかけて絵具を一つくすねたところ、水彩ではなくて油彩だったので、指でなすりつけて描いた。描いたのは風景画で、嵐山の画だった。医者なら買うかもしれないと思って目のくらむような高い石段をのぼって売りにでかけたがことわられた。あっちこっち持ってまわってローヌ川の河岸にもやっている川舟のなかまで訪れたりもした。もちろんことわられた。慈悲心のない奴らに訴えてもしょうがないと思ったので教会へいき、牧師に会ってみると、ニベもなく同郷人のところへいけといってシャット・アウトを食わされた。

どんなに金がなくて苦しくてもアジアにいるときはあまり心配がなかった。中国へいったときは日本人相手にエロ本を売った。ガリ版で二百冊ぐらいも刷って、宿で待っているとタ方になって阿片やピストルの密売をしている、鼻のないようなのがやってくる。一度にわたすと金を持ってこないのがわかっているから十冊ぐらいずつわたしてやる。すると鼻ポンは翌日夕方にあらわれ、メキシカン・ダラーのチャラチャラしたのを持ってくるので、ひきかえにまた本をわたしてやるというあんばいだった。

香港では画を売った。

上海ではアナキストと組んで〝リャク〟をやった。アナキストたちは日本を追われて、どうしようもなく大陸をゴロゴロと流れ歩いていた。秋田義一はドクロ盃といって蒙古の処女の頭蓋骨の内側に銀を張った物を持ち歩いていた。日本人で中国人を使って紡績会社を経営したりしているのがいるので、秋田義一といっしょに画を持ってリャクにでかけた。秋田義一が応接室で画を買わないかといってやんわりジワジワと凄む。こちらはそれをよこめで眺め、はじめからしまいまで何もいわずに恐ろしい顔で立っている、というぐあいだった。

香港、シンガポール、ジャカルタ、各地で春画や風景画を売って歩いたが、どこへいっても偉い絵描きなんだというふれこみで一等旅館に泊る。どんなに金がなくても横柄な顔をしてドッシリしていなければいけない。ペコペコしたり、ビクビクしたりしてはいけない。日本人の銀行の支店長とか商社などを訪れて画を買ってもらう。そのときも横柄に、ゆうゆうとかまえ、けっして弱音を吐かないことである。画が売れなくていよいよ困ってくると親分のところへ泣きついた。元は女衒をしていていまは土地の親分になったという日本人である。下町一帯に顔がきいて太ッ肚であった。部屋にフトンが積んであって親分はそのうえに大あぐらをかき、よこに妾のような女がはべっている。窮情を打明けてどうぞよろしくおねがいしますと頭をさげると、親分はよござんすと引受け、たちまち四百枚売ってくれた。引受けるのもあざやかだが、サバくのもあざやかであった。港から港、島から島へ、そうやって渡っていき、ヨーロッパまでの船賃を稼いだ。デッキ・パッセンジャーで苦力たちと甲板でゴロ寝して金を節約した。奥さんをさきにヨーロッパへやることとしてシンガポールの岸壁で別れた。これが最期で、ふたたび会えようとは思えなかった。岸壁と、船と、両方からおたがいの悪口を投げて別れた。コンチクショウと叫ぶと、イーッ、鼻曲りッと答え、そこでバカヤロオッと罵りかえす。そのうち船が遠くなり、顔が小さくなり、声が聞えなくなってしまった。

開高　私なんか驚くのは、金子さんのお書きになったものを読んでいて、まあよくもこんなところまで落ちこんで、それからまた言葉を組みたてるというふうな仕事にもどれたもんだ。その精神力に参ってしまうんですけれども。

金子　それはね。少し何か自慢らしき話だけれどもね、だいたいあのあたりまでいった奴は、みなダメになるのよ。

開高　そうだろうと思いますよ。スリ切れて粉になってドブへ落ちたきりになっちまうのじゃないかしら。

金子　そう。そうなんだ。ところがあれだ。僕はね、主義主張というものでもないが、体質的なものかもしれないんだが、いつも八分目しかやらないんだよ。何事も全力をうちこまない。八分目でやめるんだよ。

開高　あれだけやって八分目ですか。

金子　八分目なんです。余力を二分残すんです。それが知らず知らずたまって詩になっちゃったんです。意識してじゃないんですけどね。日本に帰ってからは態度を変えました。外国では何をしてもいいけれど、日本では謙遜でなくちゃダメだと思ったんです。だから何もいわなくなった。喧嘩もしないで、おとなしくなった。

開高　それですみっこで白目をむいてニヤリと笑ってたんですか？

金子　ニヤリとしてやってたんだ（笑）。

謙遜しておとなしくなって死刑ものの《おっとせい》などという詩を書いたのだから、

うかつにのみこめない。

『鮫』という詩集はいうまでもなく不穏思想で編まれている。当時は小林秀雄と三好達治と四季派の全盛期であった。金子さんは新宿裏の連込み宿にころがりこみ、茫漠として寝たり、起きたり、カレー・ライスを食べたりしていた。精神、肉体ともに困憊していた。この頃の金子さんの横顔については山之口貘が淡々として絶妙なスケッチを書きのこしている。友人にカレー・ライスをおごってやろうとしたが金がないので、ちょっと待ってくれといって質屋へ入り、はいていたズボンをぬぎ、べつのズボンにはきかえて、何食わぬ顔してでてきたというような、いい挿話がある。三十七、八歳の頃のことであろうか。

帰国して三年目にようやく一冊の『鮫』が出版されることとなる。不穏な旅の不穏な果実が熟することとなる。その頃の詩壇の主流であった四季派の詩を金子さんはアンリ・ド・レニエの亜流ではないかと感じたらしい。そう感じたのでは、これはもう、不同調、不同調、また不同調となるだろう。雲と沼ほどの距離ができてしまった。痛罵がたたきつけられることとなる。

おゝ。やつらは、どいつも、こいつも、まよなかの街よりくらい、やつらをのせたこの氷塊が、たちまち、さけびもなくわれ、深潭のうへをしづかに辷りはじめるのを、すこしも気づかずにゐた。
みだりがはしい尾をひらいてよちよちと、
やつらは氷上を匍《は》ひまはり、
…………文学などを語りあった。
うらがなしい暮色よ。
凍傷《しもやけ》にたゞれた落日の掛軸よ！

大阪の南郊の百姓家の古畳に寝そべり、明日どう食べていいかわからず、厭人癖に憑かれてフラスコのニュートラル・アルコールをすすっていると、この詩集の鞭を鳴らすようなリズムが波うったことをおぼえている。私は衰頽しきったまま呼応した。『南方詩集』にたゆたう光と香りと音のゆたかさには恍惚とさせられた。漉しに漉された語群は白い頁のなかで空気を固めたり、ひらいたり、のびのびとうごいた。作者がカンやまさぐりで語を投げださず、容易ならぬ博識の曲者らしいのに思わせぶりやハッタリでメタフォアを使わないのが爽快であった。屈折をかさねたあげくの簡潔は深かった。嘆息。悲傷。嘲罵。沈思。揶揄。白想。いずれも。

のちになってこの人が当時どのような旅のしかたをしていたかを知ってから、もう一度、舌を巻いた。『パリ・アポロ座』はパリ時代のこの人の手のつけようのない滅形《めっけい》ぶりを貴腐の香るリリシズムで描きだしていた。パンとバターで全身が葉脈のように透けてしまうほどの衰頽に金子さんがおちこんでいた頃の話である。それにくらべると私の崩壊などは食いとめようがないとしても幼稚園みたいなものだった。よく私は梶井基次郎と金子さんの作品を心が弱ったときに読みかえして疼痛を散らしたものであった。そうなってくると生きかたの問題なのである。いったい私にそこまでの衰頽に到達する意力があるのか、ないのか。かりにそこまで墜ちたとして言葉を手がかりとしてふたたび這いあがれる意力があるのか、ないのか。ブタの尻尾の煮こみを食べながらあばら屋の昼下り、よくそんなことを考えた。言葉を粉末にしたところでどうしようもない。現実に自分を言葉を失うまでに砕いてしまうようなところへおとしこんでみなければ何事も開始され得ない。たちすくみながら私はそんなことを考え、無気力、また無気力だった。

開高　金子さんの詩にはよく雲古がでてきますね。それがうまいんだな。南方放浪時代の詩にも雲古にカッカッと照りつける日光や、そのいがらっぽいような匂いのことなんかね。じつにうまい。

金子　インド人の雲古を見たことがありますか。赤いんですよ。唐辛子のためでね。それからフランス人のは田舎で見たらまッ黒だったね。こりゃコーヒーのせいだね。

開高　ロシア人やギリシャ人のは見ましたけれど……。

金子　マレーでも雲古は手で拭くんですよ。あれをやったことがありますか？
開高　いや。まだそこまでは。まだ自分の肛門にじかにさわったことがないんです。
金子　僕はやったです。雲古のあの手ざわりというものはじつになめらかな、キメのこまかいものでね。
開高　健康なときの雲古ですか？
金子　健康なときの雲古。それは御婦人の顔に塗ってもおかしくない。じつになめらかなもんです。やってごらんなさい。左の手でね。やってごらんなさい。ほんとにそうですよ。なめらかなもんだ。化粧品だってあそこまではコナせない。機械じゃちょっと無理だ。
開高　化粧品の専門家がいうのだからこれは信じていいですね。
金子　とけていますよ。
開高　そんなに微妙なもんですかねえ。
金子　僕は自分の物は何でも一応、知ってますよ。探れるところはみな探った。肛門のなかがどうなっているか、そういうことまでみな探ってあるんです。
開高　指を入れて探ったんですか？
金子　ええ。指を入れて。それを鏡に映したり、雲古がでるところを鏡で見たりもした。知らないのはおかしいよ。

開高　やるなあ。

金子　女の子に雲古させてね、それを見たりした。だから非常に親しいんだ。きたないと思ったことがないの。

開高　金子さんの恋愛詩の冒頭に、恋人よ、僕はついにあなたの雲古となり果てました、あなたはピシャンッと戸をしめてでていきました、というのがありましたね。ああいう恋愛詩は古今未曽有じゃないでしょうか。

金子　ないでしょうね。

開高　下から見上げた恋愛詩なんてはじめてだ。あ、やっちゃったという感じがした。

金子　みんなにイヤがられちゃってねえ。

開高　そうですか。

金子　じつはね、僕はいま詩を書いてるのですがね。その詩のなかで、とにかく町を歩いていてもどこにいっても、雲古ばかりがおしよせてくるという感じを書こうと思ってるけれども、どうも、ちょっと気がさしてね。言葉がね。それをまた医学的な言葉で書くとよけいイヤだしね。やはりソノモノで書くよりしようがない。そんな詩は教科書などに入れてもらえないでしょうねえ？

開高　そりゃもう、とても……。

金子　困ったものだと思ってねえ。

開高　だいたい雲古は非常に繊細な人が羞恥心のあまり、テレかくしで書いちまうのじゃないでしょうか。そんな感じがする。イタチの最後ッ屁みたいな感じ。弱者の武器……。
金子　それが僕となると、もう羞恥じゃなくてね、日常でね。ちょっと変態ですかね。
開高　女がイヤがることはたしかだナ。女は戦争と雲古の話には乗ってこないですね。男は大好きだけど。女は乗らないですね。あれはどういうことでしょう。
金子　それは大いに考えていいテーマだな。

詩人はどうして生計を得るか。

金子さんは放浪から帰ってくると《モン・ココ化粧品》という会社で仕事をした。月給は五十円。それで生活を再建し、詩を書くゆとりも得たのだった。《モン・ココ》という会社は戦後の《ジュジュ》という会社の前身である。この《モン・ココ》は金子さんの命名で、フランス語では《かわい子チャン》ということになるのだけれど、命名の由来、ヒントについては奇抜な挿話がある。けれど、高名な某氏の私生活がからまってくるので、書くことができない。

放浪時代に洗練した画才をふるって金子さんは化粧品の絵や箱、何にでも手をだした。いまでいうパッケージ・デザイナーである。戦後もそれをつづけた。戦後はあまりに生活に窮したあげく『マドモアゼル』なる染髪料の会社を建てようとした。これは女の髪を、金とか青とか赤とかに染める薬であったが、さて、会社を建てて宣伝にかかったところが売れ行きがよくなくてポシャッてしまった。また、『ハップ』というのにも手をだした。肩へ貼るコウ薬である。ブリュッセルにいたとき風邪をひいて気管支熱になったら肩へカラシの薬をぬって水をパッパッとふりかけ、湿布をしたら、とてもぐあいがよかったことを思いだしたのである。それを日本でやったらどうだといってるうちに資本家がつき、一時はさかんになったが、ペニシリンができて、またしてもポシャッてしまった。けれど、カラシのクリームはポッポッと温かくなるので、シベリアへ持っていったら軍需品として一山あてられるかもしれない。実験してみようと思いたつ。金子さんはすッ裸になり、全身へカラシのクリームを塗って、冷蔵庫へ入った。

何かしらいつもそのようである。

孤絶に面するときはパンとバターだけだった。徴兵忌避のためには息子さんを部屋に閉じこめて松葉でいぶしたり、雨にうたせたり、リュックサックに本をいっぱいつめて夜なかに駅まで走らせたりした。知りたいとなると肛門に指を入れる。肉体の使いかたに独特の気質があるようだ。

開高　放浪から帰ってきて日本と日本人を金子さんの眼で眺めたらガリヴァーみたい

な気持におなりになったと思うんですが、戦争中もコッコッと詩を書いていて、それは洞穴のなかへ石を投げこんでいるようなお気持でしたか？

金子　まあそうですね。あのときの情勢としては何しろ情報といっては日本側のしか入ってこないでしょう。だから、半分は日本が勝つんじゃないかという気持が強かったので、勝てば自分のものは永久に埋没だ。そのつもりで書いてましたよ。ですから一種の楽しみのようなものもあった。発表はできないけれどね。ほかに楽しみもないしね。

初期、中期、後期というふうに金子さんの作品歴を眺めていると、不死身に脱皮をつづけている、安住のできない人のイメージが浮んでくる。どれほど疲弊して足がにぶくなってもかならずよみがえって走りつづける長距離ランナーである。『こがね蟲』の読者は『鮫』の出現に眼を瞠り、『鮫』の読者は『人間』の登場におどろくのである。繊弱から激怒までのあいだに丘や野や川のある広大な面積が広がっていて熟練の技でカレイドスコープが見られる。一瞬に崩壊し、一瞬に成型され、不信と信頼が交互に編まれる。デストピアはユートピアの一種の形式である。方向がちがうだけである。心の渇きだけが問われるのである。

開高　たいへん失礼なことをお聞きするんですが金子さん自身があれはちょっといい詩だなあと思うのはどの作品ですか？

金子　自分ではスッキリとした詩が好きなんです。たとえばニッパ椰子の詩ね、ああいうのが好きなんです。後口《あとくち》がよくてね。南方の風物で忘れられないのはニッパと川ですね。いいもんです。蕭条としていてね。

　赤鏽の水のおもてに
ニッパ椰子が茂る。

満々と漲る水は、
天とおなじくらゐ
高い。
むしむしした白雲の映る
ゆるい水襞から出て、
ニッパはかるく
爪弾きしあふ。

こころのまつすぐな
ニッパよ。
漂泊の友よ。
なみだにぬれた
新鮮な睫毛よ。

なげやりなニッパを、櫂が
おしわけてすすむ。
まる木舟の舷と並んで
川蛇がおよぐ。

バンジャル・マシンをのぼり
バトパハ河をくだる
両岸のニッパ椰子よ。
ながれる水のうへの
静思よ。

はてない伴侶よ。
文明のない、さびしい明るさが
文明の一漂流物、私をながめる。
胡椒や、ゴムの
プランター達をながめたやうに。

「かへらないことが
最善だよ。」
それは放浪の哲学。

ニッパは
女たちよりやさしい。
たばこをふかしてねそべつてる
どんな女たちよりも。

ニッパはみな疲れたやうな姿態で、

だが、精悍なほど
いきいきとして。
聡明で
すこしの淫らさもなくて、
すさまじいほど清らかな
青い襟足をそろへて。

『女たちへのエレジー』のなかの《南方詩集》にある詩である。熱くただれた傷口を切開して冷たい水にさらしているような爽涼がある。こんな静かな場所がまだ東南アジアのどこかにのこされているだろうか。

南方をテーマにした詩にはチビた鉛筆を舐めつつ金子さんが楽しみ楽しみ作ったのが多く、こわばらずに耳を傾けられる。名作『洗面器』は投げ節風に書かれているが、あの調子には思わず拍手したくなるようなものがある。漉しきった苦悩をふりかえってさりげなく苦笑している、また、ひとりで頭を搔いている人の顔が思い浮かぶのである。ボウフラが女にうたいかけているこんな詩はどうであろうか。

インビキサミよ。淋しかろ。

おいらもやつぱりおなしこと。
あがつてきてもゆきばなく。
したへおりても住家なく。
宙をぷらぷらするばかり。

インビキサミよ、かなしかろ。
夜昼おいらが待ちくらす
蚊になるあすの夢もない。
にくむあひての張りもなく
螫《さ》す針もない。毒もない。

やがて、おいらに羽がはえ
自由自在にとぶときも、
ダルボケルケの血を吸つた
祖先ゆづりの管槍で
名のりをあげるその時も。

インビキサミよ、インビキサミよ
おいらがおぬしをさしながら
世のはかなさを知るだらう。

にがいその血のびいどろで
おいらの腹迄透《す》けながら。

ほの暖い陽の射す病室の窓ぎわでこんな詩を読んだあと、白くて硬い枕カバーに頬をおとして、そのまま気遠く眠れてしまえたらさぞや気持がいいことだろう。ろくに使いもしないうちに風邪をひいてしまった良心にくよくよしたり、嘘ばかりついて歩いたり、たがいの打算や虚栄が見えすいているのをみあったり、いつくしみあったり、そんなことはいいかげんよしにして……。

開高　何ですってね、金子さんはときどき家中で芝居して遊ぶんだそうですね。いつか田村隆一が話してくれましたが、竹にタバコの銀紙を貼りつけて刀にして、国定忠治をやってたって。忠治とか、板割の浅とか、それぞれ役をきめてね。金子さんが徹夜で台本書いて眼がまッ赤になったとか。

金子　そんなことはめったになくて、たいていでたとこ勝負でね。台本なしでやるんです。家中で遊ぶんです。16ミリをとってくれる人がいて、これはかなりあるんですよ。カルメンとかね。
開高　誰がカルメンなんですか？
金子　そりゃあ僕です。僕がカルメンです。牛は女房です。紙で角《つの》を切りぬいて頭につけりゃいいんです。田村がドン・ホセでした。キッスしようとしたら、田村の奴、イヤがって逃げやがる。そんなことをイヤがってちゃいかんのだ。
開高　庭でやるんですか？
金子　庭でやってフィルムにとるんです。
開高　おもしろそうだなあ。
金子　いま西遊記をやろうと思ってるんですが、僕は孫悟空なんだ。僕が孫悟空になる。これは適役なんだ。
開高　和尚さんは誰ですか？
金子　和尚さんは田村君かな。
開高　悟浄じゃないでしょうか？
金子　ウン。それもいい。トガってるから。
開高　私が猪八戒をやってもいいですよ。金子さんと田村さんのあとをついて歩いて、あれがおいしい、これがおいしいと大阪弁で叫んで歩いたら……。

金子　ウン。いいな。招聘しましょう（笑）。

（『文藝』一九六七年一一月号／『人とこの世界』ちくま文庫　二〇〇九年四月）

人生五十年、あとは急降下

対談者・寺山修司

まだ生きてますかって……

寺山　お元気ですね、先生。

金子　やっぱりね、忙しいと元気でなくちゃしょうがないです。

寺山　ぼくがはじめて先生の詩をよんだのは、中学の教科書だったんです。

金子　ああ、そうですか。

寺山　教科書に載るくらいだから、金子光晴っていう大詩人は昭和の初めに死んだとばかり思っていた。

金子　みんなそうなのよ、まだ生きてますかって（笑）。

寺山　ところが、大学生になってから、先生が新宿西口の飲み屋から出てくるのを見たんです。先輩が「あれが金子光晴だよ」って教えてくれたんですが、信じられなかった。

金子　戦争のあとですか。

寺山　ええ。トックリセーターを着てました、とても若い、不良老年といったムードでした。

金子　ああ、トックリジャケッツ。だけど、ぼくらよりも四、五年古いやつ、詩人はね、世間からたいへん優遇されたの。ぼくらぐらいから悪くなった（笑）。いままたいいでしょう。

寺山　詩は変わらないのに世の中の方が勝手に変わるんですよ。でも、先生の詩はとても好きでした。日本の抒情詩特有の、べとついたものがない。「鬼の児放浪」なんか、暗記しています。

金子　ぼくらの時代には、教科書に藤村ぐらいはあってもいいわけだが、その時代はまだ新体詩書きなどは柔弱な色事師のやることにされていたから、良家の子弟を教育する教科書なんかに載せるのはもっての他だったのでしょう。現代詩はぜんぜん載ってない。ひとがね、詩人なんて紹介するでしょ。すると漢詩人だと思うんですよ。「そうじゃない、われわれの書くのは都々逸みてえなもんだ」って（笑）。

寺山　そうでしょうね、自由詩がかんたんに理解されたとは思えない。詩というのは形式だと思ってきたわけだから、その形式をとり払ってしまうと、ふつうの文章とどこがちがうかわからなくなるんだと思うな。

金子　だけど、詩を書く若い人の気持ってものは似たようなもんでしょうね、われわれの時代と。こないだもね、こんなに持ってくるんですよ、知らんが。おれは死のうと思うんだけどね、これだけのこしたいとかって。そうなってくると脅迫されてるようなもんで（笑）。まあ、しかし、詩人にしても芸術家ちゅうもんは、いつの時代でも共通した勝手なところがあるね。あなたなんかにも、それを感じたね。けさね……ゆうべかな、あなたの自伝ね、拝見してそう感じました。なかなか大変でしたねえ。

寺山　いや……。

金子　青森ですね、青森のどの辺……？

寺山　青森市がいちばん長かったんですけど親父が巡査だったんで、いつも転勤するわけです。だから、子供時代の思い出は風景が走ってたということです。汽車に乗ることが多かったから。

金子　ぼくもね、青森へ行ったことありますよ。引前へ行って、碇ヶ関《いかりがせき》に二月ぐらいいた。

寺山　いつごろですか。

金子　わたしが二十七だからね、五十年前。福士（幸次郎）がいたの。福士が呼んでくれてね、行ったわけです。

寺山　青森の印象はいかがでしたか？　寒くありませんでしたか？

金子　いや、あれはなかなかいいところだ。いいしね、故郷《ふるさと》らしいですよ、あそこはね。

ぼくらも故郷は欲しいけど、こいつぁしょうがないね（笑）。

寺山　ぼくは東京へ出て来てから、青森というところは空が暗くて屋根が低い、血なまぐさい土地だと書きまくったわけです。ところが友達が青森に遊びに行くと全然ちがう。おまえは暗い暗いっていうけど、けっこう天気もいいしほがらかでいいとこじゃないかって言われるんです（笑）。

金子　夏はいいでしょう。

寺山　いいですね。先生はだいぶ旅行されたように思いますが……。

四十五日かかってパリへ

金子　あんまりしないですね。知らないとこの方が多い。

寺山　関門海峡の有名な作品がありますね。

よその船の汽罐室の賑ひを眼の前にすれちがふとき、
私は離れてきた肉親をかいだ。

金子　あれは子供を妻の父のところに預けてあったものだから、しょっちゅう往復していた。長い汽車だなあと思ってね、二十何時間かかるのよ、そのころは。

へんに日本は汽車の混んでいたときがある。そうすると、身動きができないのよ。むろん席はない、立っている。立ってると小便がしたくなる。しょうがないから、お茶の土瓶をこう回してね。あすこへやるとまたひとが「この茶瓶はどうするの、捨てていいの？」ときく。……親切なもんでそれを窓口まで順送りして捨ててくれる。

寺山　リレーするわけね、手渡しでね。

金子　でね、昔の奴はおかしいんだよ。汽車ん中で駆けている奴がいる。気が急《せ》くんだ（笑）。

寺山　こないだは京都の稲垣足穂のとこへいらっしたそうですね、新幹線で……。

金子　ええ、あの仁はね……。新幹線は速いですねえ（笑）。柱がボンボン飛ぶでしょう。で何か食おうと思ってね、あすこに食堂みたいなとこあった。片っ方だけ、こう通るでしょ、食えないですよ、ガチャガチャして（笑）。

寺山　……（笑）旅行と言えば、先生は戦前、ヨーロッパへ何度も行かれたときいてますが、最後はいつごろだったのですか？

金子　最近は、終戦から四、五年前です。

寺山　すると、この二十年ぐらいはずっと日本ですね。

金子　そう。一九四〇年以前です。まああまり行きたいと思わないですな。行くんならね。ジャワの――今のインドネシアのバンドンてとこがあるんです。いいとこですよ。

べたらで。
だいたい一年中、気候は同じで、春夏秋冬がないんですよ、四〇度ぐらい、ずうっとの

寺山　いいですね。

金子　気候の変化の心配がないわけだ。ぼくら喘息《ぜんそく》をやってんです。だからいいと思うけど、退屈なような気もするね、ちょっと（笑）。しまらねえところがあるかもしれんな、春と秋だけってのはね。

まあ、それはともかくとして……。初めてヨーロッパへ行ったのは一九一九年、第一次欧州大戦の終わった年に、一番の船で行ったの。それが佐渡丸だ。ボロ船だからね、いろんな練習させられた。それから浮遊水雷が世界の海を野放しでふらついている。それにぶつかる場合の準備にね、毎朝袋つける練習をしたの。実際に一つ通りましたよ、ぶつかりはしなかったけどね。

あんた飛行機ばっかりですか。

寺山　そうです。船に乗りたいといつも思ってるけど、いざとなると飛行機にしちゃう。飛行機にのるというより、速度にのるって感じで、ぼくは子供のころから「速いものは美しい」と思ってたんですね。それが船だとヨーロッパまで一ヵ月かかる。

金子　ええ、それはかかります。一ヵ月じゃないですよ、四十五日。

寺山　飛行機だと十六時間ですから、朝発《た》つと、もう夕方パリで映画見てるって感じで

すからね。船に乗るときは、最初からそれを目的にしておきたい。船というのは大きな「劇場」みたいなもので、たのしみも多い。それに、船のいちばんのたのしみは、海を連れていけるということでしょうか。

金子　船は変な港へとまるのが面白い。アデンだとかね、ピナンだとか。

寺山　港々にドラマあり、ですか。

金子　そういうところが面白いんだ。

その次に行ったときは一九三〇年でね、三〇年になっても、フランスってとこはケチくさいところでね、第一に汽車がひどい。ブルマンならともかくぼくらは三等に乗ると板の椅子で、冬などたまったものではなかった。

寺山　今はいいですよ。六人ずつ一部屋になってカーテンが閉まる。だから女と二人で入ってカーテンを中から閉めると、もう四畳半の感じです。

金子　ああ、そう。四畳半でばっかりやってきたんじゃないか（笑）。

今でも部屋はとりやすいですか。

寺山　日本に比べると、すいてますね。大抵は横になってごろ寝できます。もっとも、ときどき全くわけのわからぬ人と相室になることがある。尼さんと一緒だったりすると窮屈で参りますね。

金子　ぼくらのときは、部屋もとりやすかったけど、それでもなかなか気に入った部屋がないものでね。それからある時は若い書生が来てね、「金子さん、あんたほかへ引っ越すんだってね」——あと貸してくれっていうわけだ。海老原喜之助っていう絵描きだった。気の早い奴で、ウンとも言わないうちに、その日の午後にね、荷物持ってやって来ちゃったの。困っちゃって、そしたら幸いにね、部屋の奥にぼくらの知らないアトリエがあったのよ。それは、そのほうがうってつけだったのだ。ぼくらあそこでずうっと自炊してたんだ。あなた方、ホテルでしょ。

寺山　いや、安下宿です。自由ですよ。窓に豆を出しておくと鳩が集まってくる。向こうの安下宿のいいのは、家具が全部ついてることです。前に住んでいる人の古着が捨ててあったりする。それ着て町に出かけたりするのも、ちょっといいものです。

金子　ああ、それはよっぽどぼくらよりは上等な旅をしてるな。羨ましい限りだ。

馬の肉で半年、猫の肉で一年

寺山　パリのたのしみは朝起きて近くまで長い棒パンを買いにいくことですね。

金子　ああ、フランスパンはうまかったけどね、昔は。

寺山　今でもうまいですよ、ぼくがいちばん好きなのはシャンパーユというパンで、それからバケットです。

東京でいちばんうまいっていうバケットを食っても、フランスの二流のバケットよりまずいですね。それから、魚貝がうまい。

金子　パリで……？　あ、そう。

寺山　カキとか貝類、エビとかカニ、フルード・メール（海の果物）といって盛りあわせてもってくるのなどは抜群ですね。

金子　それはそうなんだ。だけど、マグロはいけねえんだ。ぼくはトロのとこをね、すごいトロでうまそうなんだ。買ってきたわけだがそれがビフテキより仕方がない。ところがその脂が、なんだかギシギシしたヒマシ油のような妙な脂なんだよ（笑）。刺身で食ってみても、何にしても駄目なんだ。

寺山　だいたいフランス人は、生じゃ魚食わないんでしょ。

金子　炒めるんですね。

寺山　ビフテキにしても醤油がないでしょう。

金子　ありますよ。ぼくのいたところは、マドレーヌ株式市場の近くにありました。でね、前に肉屋があって、ヒキ肉やなんか買って来ちゃ作って、なんにも知らないで食ってたのよ。友達がやって来てね、「きみ、馬ばっかり食ってるじゃねえか」てえの。ひょいと見たら向かいの窓から、朝夕金色の馬の首がこっち向いてんの見ながら暮らしていたのだった。知らねえんだよ、こっちは。ボヤボヤしていたわけですよ（笑）。

寺山　馬肉屋だったんだ。

金子 ところが、馬肉ってやつは花柳病の防止になるというわけで、フランス人は毎朝生でペロリとやる、一切れずつ、毎朝。

寺山 食うとうまいですよ、馬は。ぼくは東京にいるときでも、競馬で負けるとくやしまぎれに馬肉屋にとびこんで食うんです。スキヤキなんかもあるが、馬の刺身というのが、とくにうまいですよ。

金子 そうですかね、馬のおかげだね、あんた……(笑)。もと吉原の土手にあったですね。けとばしっていってね。

寺山 ああ桜鍋っていうんですね。いまも二、三軒あります。馬専門の店で、ぼくは、競馬で負けた馬が食われるのだと思ってたら、実際は食用馬というのが特別に育てられるのだそうです。ポッテリとして歌舞伎の女形のような体つきの馬だそうですよ。ところで、先生はパリに何年ぐらいいらっしたんですか。

金子 ぼくはパリはわずかです。二年ぐらいでブリュッセルの方が長かったのだが、そのブリュッセルでも知らずに猫食ってたんだよ。駅の裏(ガール・ドゥ・ノール)に安い料理屋があって、そこへいくと猫の頭のシチューがあるの(笑)。兎のシチューだって食わしたね。一年ぐらい食ってたの、ぼくは(笑)。とうとうそれを見つけた人がいて、「そりゃ猫だよ」てえの。ポートサイドの町で、たくさん猫売ってるのもみたよ。ここからあとはひんむいてね、手だけが猫だってわかるんですよ。

寺山　うまいですか。

金子　おいしいかどうか、ちょっと見当つかないですよ。ぼくはいろいろね、食通みたいな顔してるけど、またそう誤解している人も多いが、その僕が犬、猫、豚の区別がつかない（笑）。けっきょく味はわからんのですね、ぼくは。

寺山　フランス人は不思議なものを、平気で食う。亀も兎も馬も鹿も食う。ぼくは猫は知らないけど、ロバなんか高級ですね。キノコを食べたロバの肝臓なんてご馳走なんですね。レストランの入口に絵が描いてあって、動物園かと思ってしまう。そういえばパリには、虎を放し飼いにしてる喫茶店もあるんですよ。

金子　あそこに風変わりな娘が、チンパンジーといっしょにモンパルナスを歩いていた。

寺山　こうやってコーヒー飲んでるそばを虎が歩いてるんですよ、六匹ぐらい。ただ、よく見ると、やっぱりプラスチックで虎の道路がちゃんと仕切られてあるんです。遮《さえぎ》られてはいるんだけども、すぐそばだからちょっと凄いもんだ。

金子　うちのおばあちゃんが戦争中ね、文化使節になってベトナムのハノイに行ったんです。そうしたらおみやげにね、豹の子を二匹くれたんです。でも、考えてね、置いてきたといっていた。

寺山　今持ってたら、ちょっとした財産ですよ。だって、先生が座談会にこう来て、ここに豹がすわってるかと思うと。

金子　ああ、そりゃちょっといいな（笑）。

相変わらず隅にいる日本人

金子　ぼくらがパリにいたときは、モンマルトルからモンパルナスへね、盛り場が移ったときなの。まだモンマルトルにはミスタンゲットとか、女はイヴォンヌ・ブレタンかな。男はモーリス・シュバリエがやってたころなのよ。
寺山　古いですね。
金子　それからサングラニーエってやつがいた。歯が出てるやつ、こうやると歯並みがすっかり出るの、ピアノのキーみたいにね（笑）。おっもしろい奴なんだ。それからあれもいたですよ、フラテルニテ、女優はカルメン・ボニー。あのモンマルトルの盛んな時代がいちばん味わいがあったらしいね。
寺山　いまは、モンパルナスがすたれて、モンマルトルが、浅草みたいですよ。お化け屋敷、ストリップ、カジノそしてシャンソン劇場があったりね。
金子　ああ、そう。じゃあ、あそこの通りをワーサとこう人が通ってますか。
寺山　そうです。与太者やおかまがワーッという感じで、昔の浅草ですね。怪物館やサーカスもあるしね。ピガールが近いから、あのあたりの娼婦も出てくる。
金子　そうですか。サルトルが出てきた当時ね、サン・ジエルマン・デュ・プレってとこあるでしょ。あそこが盛んだって聞いたんですがね。

寺山　あそこはインテリの街ですね。あの界隈は東京でいうと神田、お茶の水というところで、学生か知識人ばっかりなんですよ。

金子　そうでしょう。あそこ、そんなに発展する土地じゃないんですもんね。

寺山　大学が近いせいでしょうか。カフェは満員で、本屋があったりレコード屋があったりする。五月革命が、あそこから始まったから今は警官ばかり多くなってしまった。その点モンマルトルは、アンちゃんとかサングラスをかけたヒモがごろごろしている。

金子　そうそう。

寺山　田舎者とか観光客とかワーッといる。だからモンマルトルのほうが賑やかですね。

金子　ぼくらがいたころは、キャバレー「ネアン」という店があったですよ。

寺山　知らないですね。

金子　まわりの絵が皆骸骨の舞踏会とか人生を一皮むいたり、というつもりだろうが、あれは十九世紀趣味で僕らにはなんのことはないフランスがいまも引きずっているボロみたいなものだ。それから、グラン・ギニョールってまだありますか。

寺山　ありますよ、人形劇でしょ。近ごろ、久しぶりに再開されて人形の医者が人形の脳の解剖をやってみせたりして大当りしています。

金子　うん、怪奇劇もあった。ユーゴーをおもい出す。もういっぺん行ってみたくもあるしさ（笑）。

寺山　フランスは、古いものが大事にされる国だから、新しい風俗ができても流行《はや》らないわけね、古いほど値打ちがある。ところが日本は逆です。近代百年で外国を真似した国民だから、テレビができればワッとそれについてゆくんだな。

金子　まあフランスてえ国は利巧な国だからね。こんどの石油もそうでしょ。ああいうとこう文句を言うですよ、いろいろとね。

寺山　プライドが強いですね、国がちっちゃいくせにドゴールに代表される「フランス人格」というのがある。

金子　日本人てやつはどういうもんか言いたいことを言わないからね、うん。損とわかっても、なんにも言わねえ。

そのころカフェね、日本でいう喫茶店、ああいうとこでも、すみのほうにすわって斜にかまえているやつをみると日本人……。

寺山　いまでもそうですね。フランスの喫茶店は道路につき出てる。路上でコーヒーをのむ。道路のほうにすわるのはヨーロッパの人で、日本人は奥のほうにすわってますね。

金子　そうそう。日本人はこうやって、みんなを見張ってんですよ（笑）。

病気にかかった永井荷風

寺山　第一次大戦直後にパリへいらっしたころは、日本のお金もわりに値打ちがあったんじゃないですか。

金子　そのときは日本のお金が、少し安かったんですかね……三〇年に行ったときはよかった。一フランが日本のお金で八銭だったのよ。

寺山　八銭？　ははア。

金子　それでね、ベルギーへ行くと五銭だ。だから、あのとき金を持ってけばね、大変にいい思いをしてこられたんだ。ベルギーあたりじゃルイ十五世式の家具つきキンキラキンの部屋が、台所から全部あるやつが二五〇フランぐらい。一フランが五銭でしょ、ただみたいですよ。あんた、あっちじゃなんにもしなかった？

寺山　演劇をやってたんです。自分の劇団をもって行ってね。

金子　大ぜい行ったんですか。

寺山　三十人前後。毎年行ってるんですよ。演劇祭があって世界中から集まるんです。

金子　そりゃ大変だな。じゃあ、あんまり道楽はできないですね。

寺山　ぜんぜんできないです。ヘンリー・ミラーみたいにはいかないわけ、安宿借りて女連れ込んだりする余裕はなかなか……。

金子　あ、そう。ぼくはね、見物はしてきたですよ、あそこはこわいから。病気になったらね、永井荷風みたいに舶来の淋し病になっちゃうんだ（笑）。永井荷風はね、気候の変わり目は大苦しみ。そういうことになるといけないからね。

なんか、モンパルナスの裏通りに、あれはどこだったか、一見直ちにわかるようになってんの。表の戸をこうやるとあくんですよ。青い外灯でね、二階の窓が灯りがついてこうなってんの。入って行くと左っ側のとこにね、裸のやつが四、五人並んでるの。じいさんみたいなやつがこうやって部分を手でひろげて調べていたりしてね、全く合理的なんですよ、ね。顔なんかよくたって現物はポコペンが多いから、とっくり調べて得心してあがるんだから、あそこがあ、西洋なんですね、うん。日本人はね、そういうものを見るときに、笑うくせがあるの。

寺山　いまでもそうですよ。非常にいやがられますよ。飾り窓へ行っても、三、四人で行ってテレて笑ったりしてひやかしたりね。向こうはまともに商売やってるわけだから、カメラなんか持ってって、ああだこうだと言ってると、怒るんですね。

金子　それからはにかむですね。向こうはそういうとこは常識的にやるんですよ。

寺山　先生も、だいぶもてたんですね。

金子　いや、そんなことはないがしかし大略日本人は、もてましたが、あれはあっちが客扱いがうまいんでネ。英国へ行くと駄目なんだ。英国へ行くと日本人と中国人の区別がつかない。チンチンチャイナメンなんて、外歩いてると言われる。もう癪にもさわらねえけどね。パリはね、それでもシナ人より悪かった。シナ人はやっぱり同盟国だから。こんども、大東亜戦争が始まる前に満州事変とシナ事変があったでしょ。あのときぼく帰って来たんだ。いるにいられなくなったわけだ。どうも風向きが悪くてネ。フランス人てやつは、よく新聞読むんですよ。新聞読んでね、わかってるかわからねえか知らないけど、しょっちゅう議論をしてる。衆議のうえ、日本が悪いてんだ。どうも居にくくなってきてね。それからずうっと帰る船路の着く、港々が、たいがい華僑《かきょう》でしょ。だからひどいんですよ。日本人ならシナを排撃するとなればシナから物を買わないでしょ。シナ人は儲けと心とは別なんだ。だから料理屋へ入るとちゃんと料理は出すんです。それがどういうあれかな、やっぱり感情的な国民でね、日本とおんなじように、うん。持ってきた皿を放り出すようにおくのですわ。あれはちょっと不愉快でしたね。

寺山　ぼくはアフリカへ行ったとき、日本人はレストランなんか、部屋の中で食事さしてくれないんだ。高級なレストランへ行くでしょ。有色人種ってのは全部庭で食わなきゃいけない。ぼくらがあのへんのオランダ人なんかのガイドを連れて行くわけね。するとガイドや運転手は白人だから、中に入ってめし食える。で、おれたちは庭で食うんです。ガーナですけどね。

金子　それはいつごろ？

寺山　十年ほど前です。便所も別ですね。だからすごいですよ。

金子　へーえ。居にくいな、そりゃねえ。

寺山　だから、すぐ出て来たけど、不愉快ですよ、それは。

金子　ぼくらが行ったころはフランスじゃね、女でも日本向きとシナ向きとがあってね……そいつらは日本のことを心得てる、呑み込んでるの。そういうのが来るのよ。そういうのも、日本人馴れがしすぎているのもあんまりありがたくねえからね、こっちは。

喘息で長生きをした

寺山　パリでは一人暮らしですか？

金子　あとで行ったときは二人。

寺山　女性……？

金子　いやいや、女性じゃなくて、うちのおかみさん（笑）。そのときはパリにはあんまりいなかったけど、五、六年かかってんですよ。上海で一年、香港で三カ月、シンガポールで半年とね。ジャワで一年ぐらいかかっている。

寺山　どこがいちばん印象に残ってますか。

金子　みんな残ってるけどね、面白かったのは上海でしょ、やっぱり。なぜ面白いてえと日本人がたくさんいるから。それがいろいろ、上は領事館から下はまああねしゃま階級から。

寺山　香港の町じゃ看板のあの漢字がいい。ぼくは上海は知らないけど、香港に行くと、表示が全部漢字でしょ。それなのに、何かひどく異国情緒がある。

金子　香港は、景色ばかりがいい所でね。

寺山　あの犯罪の匂いのするムードがいいですよ。

金子　ところが上海は景色はないんだ、ありゃ。大体ね、あがると、へーんな匂いがするの。人肌とも土の匂いとも、なんともかんとも言えないような、生活の体臭だな、やっぱり。

物価は安いし、向こうは。ぼくら二人で月極めにしてね、近所の料理屋から昼と晩と持って来てもらうの。こんな天秤の上へかついで持って来る。五、六種類ついて、めしはたくさんついてね。それで一ヵ月十二円……（笑）。バカみたいなもんだ。だから、われわれの場合は金持ってないから、けっきょくおんなじことなのよ。向こうで稼いで食ってるんでしょ。向こうで稼ぐったっていくらも稼げねえから、これね。

寺山　稼ぐって、何やってらしたんですか。

金子　絵を描いて展覧会に出したり……〝上海風情〟だとかね、いまとっておきゃよかったと思うものがあるんです。

寺山　いま『面白半分』の表紙に描いてらっしゃる阿片の絵は、そのころの絵ですか。

金子　あれは、なんてことないですよ。
寺山　上海時代の絵かと思った。
金子　うん、阿片のときね。あれはそうです。
寺山　あれは悪意があって面白かった。ちょっとびっくりしました。
金子　そうですかァ。阿片がね、ぼくは何べん飲んでもダメなんだ。あとでなんてことねえの。
寺山　きかないんですか。
金子　体質よりも、喘息やってたからですかね。あれはたいがい麻といって麻薬ですから。いま売ってませんよ。それを何年間か飲んでたから、きかないのはそれじゃないかと思う。
寺山　でも、喘息の人は長生きだっていうじゃないですか。
金子　長生きだっていう話だけど、長生きしちゃったですよ、もう（笑）。
寺山　いや、まだまだ。
金子　村野（四郎）くんがいま倒れてんの。あれが倒れると、ちょっと心細いんだけどね、ぼくは。
寺山　あの人は『体操詩集』なんか書いたりしていかにも健康そうだった。からだがガッチリしてね。

仕事するなら五十歳まで

金子　だけどね、晩年は少しむくんできたんですよ……。人間ね、四十か四十五ぐらいまでが人生で、あとは急降下（笑）。とにかくたつのが早いこと。うん。

寺山　そうですか。

金子　気をつけないといけないですよ。仕事するんなら、五十までにしておくこってすね。こんなに早いかと振り返ってびっくりしている。

寺山　先生は喘息のほかは病気はしないんですか。

金子　昭和四年ぐらいに狭心症をやりました。つづいてこれをやらないようにね、いろいろ節制してます。

寺山　お酒はダメですね。

金子　お酒もダメだし、食いものがいけないの。

寺山　あんまりしょっぱいものもいけないんでしょ。

金子　塩鮭なんかはいかんかもしれんな、ずいぶんたくさん塩を入れるですね。だけど、これを食えと、医者にも言われるし、来た友達からも言われるんだけど、そういうものは食う気しない（笑）。まあまあ秤《はかり》へかけて、食って死んだほうがいいかね（笑）、食わずに延びたほうがいいか——食わずに延びたってしょうがねえ、まったくね。だからもう、そういうことは一切かまわずやります（笑）。

寺山　どうも長いことありがとうございました。

金子　いや……ぼくはね、ここ縄張りですからね、ずっと歩いて帰ります。買物したりね、いろいろしますから。

寺山　またお目にかかりたいと思います。さようなら。

（『いんなあとりっぷ』一九七四年増刊六月号／『金子光晴下駄ばき対談』現代書館　一九九五年八月）

II

金子光晴の周辺

森　三千代（聞き手・松本　亮）

昭和四年、スラバヤにて（前列）。

金子さんは全生涯にわたって、詩集、散文集にかぎらず、ずいぶん単行本を出されました。これからも十冊ほど出るようですが、これまでのご本、だいたいお読みになってこられたでしょうか。

森　ええ、若いころはね、一生懸命で読もうとしていたんですが、その時代はまたわたし自身が忙しい時代でございましてね。自分の仕事の方に追われまして、今度は病気になりますとね、病院の療養生活に追われまして、なかなか、読めないんです。でも、読むようにはしていました。このごろになって、やっと一生懸命に読んだりしております。

――そうですか。そうした長いあいだのご生活の中で、とくに印象に残られた金子さんのご本は。

森　私、やっぱり一番印象に残っているのは『こがね蟲』なんです。ということは、『こがね蟲』を読んで、金子光晴と知りあい、金子光晴を尊敬して、あの金子光晴のところへ行ったんですもの。その後のものでは、やっぱり、山中湖で書いた、あの一連のものですね。

――『鬼の児の唄』とか『蛾』とか。『落下傘』はその前になりますね。

森　そうですね。

――あの頃はまあ、山中湖畔に落ちつかれて……。

森　でも私なんかには、あんまりみせてくれなかったんですよ。ええ、かえって詩集になってからですね。

――ご覧になったのは、詩集になってからなんですね。

森　そうなんです。大事そうにしてましてね、ノートは。これはもう大事なノートだからと言って、私に頼んではいました。いつも、ここへ保管しておいてくれ、と言って。

――『鮫』は、いかがでしたか。

森　あっ、そうですね、『鮫』はやっぱり、私にとっては、思い出の深いものです。

――そうでしょうね。金子さんのお話では、南方を歩いてられるころ、いろいろとずいぶん詩のためのメモをとられていたんですね。

森　そうなんです。

――そのへんの、メモされていたときの感じというのは……。

森　あのね、金子はね、あなたもご存知のとおり、あの人は、物事を何かにつけて大っぴらにするのが嫌いなたちなんですよ。なんでもね、ひとりでこっそりやっている人なんです。だからね、私なんかもうかがい知れないところがあるんです。それでね、私もそういうとこを知ってますので、なるたけ我関せずに、干渉がましいことをしないように、こっそり何かものを見たりしないように、とね。それはもう長いあいだの始めからの自然な生活の調子ですね。気をつけるとかなんとか、そういうことじゃなくって、自然な成り行きみたいなものだったのです。ですが、そういうそぶりは、わかるのです。しょっちゅうメモしてましたし、それは、もう、勤勉なものなんです。

――やっぱり、ノートなどに……。

森　ノートというようなものをね、あの人は、きちんと持ってた人じゃないですよ。紙キレですね、いつでもそうです。そして、なんか知らない時に、どっかへまとめるらしいんです。だから、どっかから、こう、わけのわからないような紙キレが出てきたり、それはもう、デパートの包み紙の裏だったりというようなものなんです。

――じっさい、ぼくなんか森さんと金子さんのご生活を想像して、やはり、あの足かけ六年にわたる中国、マレー、インドネシア、パリへかけてのご旅行がとくに大変なものだと、ちょっと想像もつかぬものだと考えるのですが、そのあいだにも、行き違いといいますか、少しずつずれながらの、一歩まちがえば、行きはぐれになってしまうような……。

森　はあ、行き違いね、そうなんです。危い橋渡りみたいな連続なんです。とくにパリでの最初の出会いですね。シンガポールを私がさきにでて、金子があとからきた。そのめぐり会った時なんかね、まさかあんな風にうまく会える、会えたということはね、不思議だと、後でつくづく思うくらいでしたね。ということはね、私がさきにパリに着いた。あの時は一ヵ月の滞在費しか持っていないんです。非常に倹約しなくちゃ、その一ヵ月を暮らせないわけなんです。だからもうパリへ着くと同時にね、次の生活を考えなくちゃなりません。それで自分の職業、つまり、食べる手だてを考えなくちゃならない。それに、いつ金子がパリに来てくれるか、全然あてがありません。それでまあ日本からもらってきていた紹介状だとか、インドネシアからは上長井さんなんかへの紹介状をいただいてきてましたから、それをたよりに。上長井さんて、絵描きさんですね。松原晩《まつばらばん》香《こう》という……。

――あの方の友達？

森　はあ、あの方から紹介がありましてね。それを金子が私にもたせてよこしたんです。それで、その方を訪ねたりしまして、私になんかこう、働けるようなところがあったら世話して下さい、というわけなんです。それから日本大使館に行きまして、それは、大使館へは、みんなパリに着くと同時に、自分の居場所は知らせるみたいな習慣になっていましたから。その時も、大使館の人に仕事のことを頼んだんですけれど、それはまあ、拒絶されましたけれどもね。まあそういう風なわけでしたからね、最初は、駅前の小さなホテルの五階というような部屋に住みこんでたんですけど、一ヵ月なんかたつのは、たちまちのうちでしたからね。ひやひやしているうちに、ある日のこと、その上長井さんの知り合いのお家で、晩餐会がありましてね。それで、私も日本から来た人のひとりだというので、歓迎してくれまして、その時に、これからスペインへ行く人で、木村毅《き》という、あの仏文学者の先生で、評論家の方、私はそれまでお目にかかったことなかったんですけれど、ほら、改造社の円本を考えだした、はじめの方ですね。

その方がパリの生活をちょっと一段落して、スペインへ立つ送別会を兼ねるとかで、いらっしゃる。その他に、二、三人の絵描きさんなんかもみえて、そこでスキヤキなんかがでるというんで、招かれましてね、そこへ行ったんです。その席で、木村さんがね、僕の部屋はラテン区のルクサンブルグの近くにあるんだけれど、今の部屋代を一カ月分払ったばかりなのに、急にスペインへ行くことになって、もったいないから、だれか住む者ないか、とおっしゃった。私、その時、天の助けだと思いましたね、私に貸して下さいとすぐ言いました。一カ月のおわりに近い時なんです。それに場所もずっといいんです、私のところよりは。そしたら、どうぞというわけで、私は木村さんの居た部屋へ移っていったんです。そういう転々としたあとで、そこへ金子がたずねて来たんです。

――いきなり、そのホテルへ訪ねてみえたんですか。

森　はい、そのホテルへ。

金子がパリへ何カ月かあとに着いたときには、マルセイユで、賄《まかない》業者からきいて、こういう女が着いたということが、まずわかったわけなんです。私は、すこし船中で病気していて、そのままマルセイユへフラフラしながら上陸したもんですから、印象がちゃんと、印象というより、事実わかっていたんです。というのは、私ののってた船の船長が賄業者に、いろいろたのんでくれましたから、名前もわかっていたんですね。それですっかり覚えていてくれまして、その方《かた》ならパリへ行きました、そうか、ぶじに着いたかというわけで、そのまま金子はパリにきまして、まず、日本大使館へ行き、私の最初のホテルを聞いてそのホテルを訪ねてくれまして、そのホテルから、またこっちのホテルへやってきました。やっぱり久しぶりに、パリにやって来たものですから、それに転々とした私の居どころを探すのに、もう一日がかりなんです。夜のねえ、十二時近くに、トントンと、たたく人がありまして、「だれ」と言いましたら、「金子」というんです。ビックリするやら、うれしいやら。

そういう会い方だったんです。

――そうした形ではじまったパリでの生活、それ以後のさまざまなことをもふくめまして、お二人の生活のあり方は、ふつうの夫婦のようなかんじとはずいぶん違うと思われます。まあそんなところから、ひとはお二人のあり方を、戦友とかライバルとか、そういったかんじ方で受けとめることも多いかと思います。

森　戦友？

――（編集子）戦友というのは、こんどの雑誌で、田村隆一さん、開高健さんが金子先生の追悼対談をやって下さいまして、ご夫婦の話がかなりでたんですけれども、そこでふれられてる言葉なんです。

森　戦う友？

――（編集子）戦う友って、ふつうは、同じ敵に対して戦う友のことを、戦友というわけですけれども、そうじゃなくて、たとえば、ボクシングのリングかなんかの上で、その、男の代表の金子先生とですね、女の代表の、その、森先生が、まあいわば、ライバルといいますか、好敵手といいますかね……。

森　おほほほほ……。

――そういうかんじの戦友だったんじゃないかという……。

森　ご冗談でしょう、私そんなに、えらくありませんよ。とても敵いませんよ、はじめから。それは買被《かいかぶ》りですね、だいぶ私を。

――そのへん、じっさいにはどういうふうだったと思われてますか。

森　仕事の上だけのことでなくて、生活も、まあ恋愛とか、そんなこともふくめてのことのようですね。

それは、そんな、戦うなんて……、だけどね、まあ刺激しあっていたっていうところは、あったかしら、そう言われればね。仕事の面では、私は年中、金子には叶わんと思ってましたね。

――（編集子）金子先生の散文なんかも、お読みになってられましたか。

森　ええ、だけど散文はねえ、最近ですよ。金子はずっと詩でしたからね。詩は、もうはじめっから兜《かぶと》を脱ぎました。兜を脱いで、私は散文に走ったと言われてもしようがないくらいです。むろんそれだけじゃないですけどね。

――いまの話にでました戦友という意味からも、やはりぼくは、お二人の生活は、ごくふつうに考えられる夫婦のかたちとはずいぶんちがっていられたと判断するんですけれど。

森　それはみとめます。

――すれちがいだとか、もちろんいろんな恋愛問題とか、いろんな状況、非常に思い切ったことなんか、いろいろされたような……。

森　あのねえ、金子がよく、私のことを、自分が許してね、恋愛をしなさいとか、あの男と暮らしていらっしゃいとかいうように言ったような風に、書いていますねえ。そんなことはありません。ええ、あれは、私、金子のポーズだと思います。そんなことはできるわけのもんではありません。自分のご亭主にねえ、そう言われて、はいはい、と言って行ける女房がありますか。

ええ、あれはね、ちょっとおかしいですよ。だけど、行きたければ私は行きますよ、行きましたよ。でまた帰りたければ帰ってきました。そういう態度でした。ええ、そういうところは、金子はまた私が帰ってくれれば自由に受け入れるような人でした。そういう風な間柄でした。

——とらわれないご夫婦、という一面が……。

森　ええ。

——ふつうは、なかなかそうはいかないもんですから……。

森　そうなんです。だけどね、そうはいっても、人間ですから。金子の心の中にも、やっぱり、もやもやはあったと思います。ないわけはありません。だけど、そういうことは克服してもいたでしょうし、金子自身の仕事の上の何かにはなっていたんじゃないかと思う。だけどね、それは、金子の側にあっただけではなくって、私の方にもあったわけなんです。両方のことなんですよ。金子だって何もしない聖人君子じゃありませんよ。ええ、お互いごっこなんです。

——そんな意味では、金子さんはずいぶんいろんなかたちで、いろんな面で、さまざまにポーズをつくられることがあったのですね。

森　ええ、そうです。

——まあそれだけに、否応なくそうなっていったのかどうかは、ともかくとしまして、それだけに、ご自分で、ずいぶんしんどい思いをされたという面があったと思います。

森　ええ、私はそう思います。ええ、ずいぶん、しんどい思いをしたと思いますね。それをまた表にちっともあらわさないんです。その点では、えらかったですね。そんな点ではまた、私、あの金子の古い友人たちから聞くところによりますと、うんと若い時、大変な、かんしゃく持ちだったそうですね。

森　二十歳すぎのころ。なんか、かんしゃく立てて、家の中で、俺と喧嘩するやつはいないかあ、と言って大声で、往来に向かって叫んでいた、なんてこと聞きました。だけど私といっしょになってからは、一度もそんなこと、ありませんでしたよ。私に発散してたんかしら。

――そうですか。

――（一同笑う）

森　私とは、すごーい喧嘩したことがあるんですよ。時々ね。これはうんとはじまりの頃でしたけどねえ、貧乏長屋みたいな借屋でね、とっつかみあいの大喧嘩をしましてね、金子に投げ飛ばされましてね。私の体が、襖ひとつ越えて向こうの部屋へ飛んでいっちゃったの。その襖が、柔《やわ》な襖でね、つきぬけて、向こうへ行っちゃったんですよ。

――どんなことでそんな大喧嘩になったのですか。

森　それがね、不思議にお金のことじゃないんですよ。あれだけ貧乏してましてね。なんだっけかな、なんかつまらないことですよ。

――どこにお住まいのころ？

森　高円寺でしたね、結婚まもなくのことでした。そうしたことがあって以後は、もう大喧嘩なんてことありませんでしたね。

――そんな意味では、だいたいずっと、おこらない、割合おとなしい旦那さんでしたか。

森　ずっと、ええ、ずっとおとなしかったといえましょうね。

――（編集子）最後に晩年のことですが、金子先生がそれまでは、もちろん詩人としては、もう一世《いっせい》を風靡されていたわけですけれども、詩人というよりは、もうちょっと範囲の広いところで、晩年五～六年ぐらいですか、とくに若い人に非常に、ポピュラリティがでたわけなんですけれども、それなんか森先生のお立場からは、どういう風にご覧になっておられましたか。

森　どう思うかとおっしゃるんですか。私はね、とっても良かったと思います。金子は幅の広い人間でしたからね。そういう意味では広く受け入れられた、ということは、良かったことだと思います。それに反戦、反権威などの持ち前のものは少しも崩してはいなかったのですから。これから後々《のちのち》ね、いろいろ評価されていくと思いますけれど、そういうことで、だんだんみなさんからわかっていただいたり、また正しく認識されてゆくことだと思っております。

――そうですね、今までやってこられたお仕事というのは、ほんとうに大きい。

森　死ぬすこし前頃のことでしたけど、今度、中央公論社から全集だしていただけますね。そのことでね、俺はまだ、これから、もうこれくらいの分量は仕事するんだ。だから中央公論社の方に、もう一度あとでおなじくらいの分量の全集だしていただくんだと、そう言っていましたよ。

とにかく、おじいちゃん幸せでしたわ。みなさんにねえ、あれだけ慕っていただいて、もうほんとうに良くしていただいて、良かったと思います。

——お疲れのところ、どうもありがとうございました。

（『面白半分』一九七五年九月臨時増刊号）

ジャワでの話（1）

——金子さんは『マレー蘭印紀行』のあとがきに、ジャワ旅行にかんしては別巻をなすくらいの話があるから、それはまた別に一冊を書きたいというふうなことを書かれています。その後ジャワについては、『どくろ杯』の末尾にちょっと触れられているくらいで、結局ほとんど書かれることがないままになってしまいました。ジャワに直接材を採られた詩で強烈な印象をうけるものに『老薔薇園』のなかの「エルヴェルフェルトの首」があるのですが、ジャカルタで実際にごらんになった印象はどんなふうなものだったでしょうか。

森　あれは、私どもが部屋をお借りしてた邦字新聞のジャワ日報社の斎藤さんの家の裏通りあたりにあった古い街道の途中の場所だったと思います。とっても荒廃した、見渡すかぎりの広い、一直線の街道の塀、その一部分の石の記念碑の上でして、そのまわりは、人家なんてひとつも見当たりませんでした。その石碑の上に、ピーター・エルベルフェルトの首がチョコンと乗っかってるだけ、という印象がありました。その道はほこりっぽい感じで、ほこりっぽいといっても、そう人通りがあるわけでもなし、車の往来が盛んにあるわけでもなく、なんとなし白っぽけた、幅の広い道でした。

——人も寄りつかないような所だったのですね。

森　その昔というか、ペストの流行があったそうで、すっかり町が荒廃し寂れてしまって、誰も住まなくなったんです。そのへんにはピサン（バナナ）畑がありまして、椰子の木もいっぱい植わって、青々とした景色でしたけれどもね。それに、その石の面にはオランダ字とマレー字でこう彫りこまれてたんです。「梟首《きょうしゅ》された国事犯ピーター・エルベルフェルトに対するおそるべき記念のため、何人といえども、この地を栽培し、建築し、煉瓦をつみ、あるいは耕すことを現在も、今後も、永劫にわたって許されざるべし」

——その事件は一七二一年末のことなんですね。父がドイツ人、母がタイ人で、皮なめし商として産をなしたらしいのですが、その会社が当時のオランダ植民政策の出先機関だった東インド会社に没収されるんですね。ピーター・エルベルフェルトはその息子で、東インド会社を怨み、その果てにオランダ支配を転覆させようとしたとして、処刑される。

森　それはひどいやり口でしたね、剣で突きさした形のままの、曝首なんですよ。

——そのままミイラになっている。

森　ミイラになって、突きさした感じで石の上に首だけがチョコンと乗っかって、コンクリみたいな色をしてました。

――いちばん最初は生首そのままだったのかもしれませんね。

森　それでしたら腐りそうなもんですけど、カチカチのコンクリみたいな、固まったような、石みたいな。

――エルベルフェルトの首はいまはもうとりはずされてるんですけど、これは当然でしょうね。オランダへの反逆者としての曝首ですから、独立インドネシアとしては逆な立場ですものね。ジャカルタではまた、パッサル・イカン（魚市場の意）の旧港がよく話題にでましたが。

森　エルベルフェルトの首から旧港はわりと近かったですよ。そこはいかにも古い港らしい感じで、私どもが上陸した新港のタンジュン・プリオクとはぜんぜん感じが違いました。旧港は金子といっしょに、よく行きました。

――そこでは金子さん、ずいぶん写生もされたようですが。

森　そのへんにもバナナ畑がありまして、そこへ行く途中に、オランダ風のはね橋なんかあり、金子はそれなど丹念に水彩で描いていましたが、なかなか風情のある景色がいっぱいあり、ずいぶん気に入ってるようでした。そしてあの例の、面白い蓋のついた大砲、古い大砲の遺物ですが、それが飾ってありまして、そこへ女の人たちが拝みにくる。子供が授かるようにと、ジャワの女の人が花を供えにくるんです。その旧港では、夕方になりますと船がいっぱい入ってきます。その船の艫《とも》には、魚の大きな目玉がついてたり、西欧の女の顔がいっぱいに描かれてたり、いろんな飾りがついてました。船の胴にもいっぱい色をほどこして、とっても色彩的なんです。

――みんな漁船ですね。

森　漁船です。それが帆をおろしまして、ヒタヒタヒタヒタ、下で波の揺れる音がして、ギシギシいって、船がひしめき合ってるんですよ。日が暮れてきますと、船頭さんたちが、日本の船頭さんと同じように立ちはたらいてますし、女の人はサロンをつけた腰を曲げて火を焚いて、夕飯の支度なんかしてますし、こっちの丘のほうには、ガス燈がともるんです、ポーッと。明治時代に、ガス燈がともったときの話のように、それは私なんか知りませんけれども、そういうふうにガス燈をともしにくるんです、一つ一つ。それがすみれ色のきれいな色で。すると、今度はコウモリがたくさん飛んでくる。そんな夕方まで遊んで、帰ったりしたことがよくありました。

――あそこではずいぶん写生をされた、さきほどのはね橋の絵の話は金子さんからよくききました。それらの絵はどこかへもっていかれて売ったということですか。

森　売らなかったんですよ。展覧会のために描きためてたんです。

――そうとう暑かったのでしょうね。

森　昼間出かけますから、暑くて暑くて。途中でスコールにあうこともありまして、そういうときはもうたいへん、雨をよけるところを探すのに。なんにもないんですもの。

――金子さんは暑いのは苦手なほうだったのでしょう。

森　そうなんですけれども、そのくせ帽子もなしに歩いたりしてました。

――ははあ。ぼくなんかも、むこうではまったく帽子かぶらない。

森　あれ、どうしてでしょうね。

――土地の人は慣れているせいか、あんまりかぶらなくてもいいみたいな。実際の温度はそれほどあがってないんです。暑い感じがするんですけれども、ちょっと木陰にはいれば涼しいですからね。暑いとき、何度ぐらいあるのかと思ってはかったことがあるのですけど、三十二、三度が最高ぐらいでしたね、直射日光のもとで。特別、蒸すときは別でしょうけれども。比較的すごしいいところだと思います。

東洋一といわれる植物園ボイテンゾルグ（現在のボゴール）はいかがでしたか。いまはきれいに整備されているんですけれど。

森　私たちが行ったときは、人っ子一人いませんでした。あんまり人が行かないところだったんでしょうか。ああいう植物園ですから、もっと土地の人も、そして学校の生徒だとか、団体になって、列になって行ってるかと思ったんですけれども。ぐるぐる中を回ってる間に、たまに会うのは、園丁みたいな人だけで、それもほんとにびっくりするところにひょっこり会うぐらい。

――誰か案内の人がいて。

森　いえ、誰もなし。私たちのことですから、盲めっぽうですわ。
——あの広い中をあちこち歩かれた。
森　だから、ずいぶん見落しているところもあるんじゃないかと思うんですけどね。よく本なんかに書かれてる鬼蓮《おにばす》も見てますし、大羊歯《だいしだ》、そして蘭がいっぱい栽培されてる。
——時間がたっぷりあれば、広いといっても、そうべらぼうに広いわけではないですから。
森　そうなんでしょうか。いろんな椰子の種類も見ましたし。いろんな竹や、根がぶきみに浮き出た榕樹《ガジュマル》の大樹、苔むした樹木の幹に赤い花が一輪咲いてるというような、ほんとうにいろいろ珍しいものがありましたね。
——そういうようなもの、金子さんはずいぶん興味もたれたでしょうね。
森　ああいうところで、いろいろな植物に興味を持ちはじめたと思うんです。ずいぶんノートに書きためているようでした。昔はそういうもの、ちっとも興味のない人でしたわね。ただ、そういうことを調べるのは好きで、『こがね蟲』なんか見たって、思いがけないような言葉を使ってますね、いろんな語句やものの名にしても。だけど、あとになりましてあんなに植物や動物の、珍しい名をいっぱい使うようになりましたでしょう。とにかく驚きでしたものね、あそこのすべてが。
——そうですね。そういった陰湿な感じのする植物群の群がってる感じは、最近よく描写されてましたね。植物図鑑のたぐいを手もとにおかれて、暇なおり、よく眺めてられたのを見かけましたが、まあ、ボゴールを歩かれた驚きに一つの重要な記憶の由来があるのですね。

ジャワでの話（2）

――ところでジャワでは食べ物はどうしてられましたか、土地の食事はお口に合いましたか。

森　だいたい、居たところは邦字新聞社の社宅でしたから、日本食が主だったように記憶しています。

――街へ出られたり、地方にいったときの食事に変ったことはありませんでしたか。

森　そうですね、外ではほとんど食べなかったし、地方でも日本人を頼っていったのですから、朝にはよくおみおつけをいただいたという記憶があります。ジャワでは現地の人と食事したということはありませんでしたものね。

――金子さんはジャワ料理に特有の椰子油のにおいが鼻について、どうもいけなかったとよく話してられましたが、そんな経験はされませんでしたか。

森　そんな話がありましたか。そんなこともあったかもしれませんけど、私たちはどこへいっても、何かが口に合わないなんてことはなかったですよ。なんだって口に合わせちゃうんですよ。

――ジャワではやはり油いための食事が主ですから、おそらく椰子油を使ったものもときには食事にでたのでしょうけれど、まあジャワ料理といいましても中華料理の変形のような感じのものですから、きっとあまり気にはされなかったということでしょうね。

森　いろいろなこと、そういうことにも慣らされちゃった、口に入るものがあれば、わりあい何でも。へんな言い方ですけど。中国やマレーでしばらく生活したあとの旅のつづきですものね。

――そうですね。いきなりジャワへ行かれたというんじゃないんですからね。

さてこんどは猿島のことお聞かせいただけませんか。ジャカルタの新港タンジュン・プリオクの沖合にある無人島。インドネシアへ向かうとき、機上からですが、あの南シナ海にちらばる珊瑚礁のきれいさがいつもたのしみの一つなのですが、その猿島もどうやらそんな島のひとつかと思います。森さんご自身、その島について「猿島」の題で『新嘉坡の宿』の中に書かれています。金子さんも『マレー蘭印紀行』の中で、「うつくしいなどという言葉では云足りない。悲しいといえばよいのだろうか。あんまりきよらかすぎるので、非人情の世界にみえる」といった書きだしで、この島のことをかいていられます。

森　そうですか、『マレー蘭印紀行』に？　私、知らないんです。それ読んでませんね。
――短いですが、いい文章だと思います。『どくろ杯』や『西ひがし』ではもうみられない若いうつくしさがいっぱいな。
森　そうですか。いつまでもいたいような美しい島、あれは珊瑚礁の島でした。無人島ですから、その日帰りで。その帰りなんです、大嵐に遭ったのは。ようやく三人がのれるくらいの、それに船頭が一人、そんな小さな舟でした。
――漁船でしょうか。ジャワでよく見る、舟の両脇に倒れないように羽根をのばした小さな帆舟。
森　そうですね。なにしろ小さな舟でした。で、考えてみますと、私はその金子の紀行文を読んでないんですけど、そんなふうに、私はずっと金子のものをあんまり読んでませんでしたし、金子も、私のものはなにも読んでないんですよ。ということは、経験がほとんど同じなんです。両方で読んでると、邪魔なんです。そうでしょう。なんか書きにくくなっちゃうんです。だから、どっちも読まなかったんですね、意識して。
――そういうことあるでしょうね。
森　だから、いまから考えてみますと、やっぱりわざと読まなかったような傾向がありますね。不勉強というより以上に、わざと読まなかった。
――同じところへ行かれてますからね。

森　もう書けませんもの。ことに、金子はあんなふうに達筆ですから、私なんか押しまくられちゃいますもの。読まなくってよかったようなものです。

――ところで、そこへ行かれた感じですね、森さんとしては、気持悪いところでしたか。それともいわゆるきれいなところでしたか。じつは金子さんに鮫についての感触を以前おききしてたおり、思いがけなくこの猿島の話がでましてね。その島の裏のほうの入江が、なんかぬるぬるしたような泥ぶかい入江で、そこに鮫が卵をうみにくる。不気味で、ここではっきりと鮫の生態に対する嫌悪みたいなものを感じた、というふうなことでした。

森　それは彼の弱いところに触れた感じ方だと思います。私の感じでは、やはり彼が『マレー蘭印紀行』に書いたように、ことばでは言いたりないほどの美しさ哀しさといったほうが、この島の印象です。ほんとうの楽天地ですね。孤島の、そこへ移り住んで、一生住んでいたいようなところでした。緑は青々と、ほんとうに瑞々しい緑で繁ってますし、なにしろ動物がきれいで、特に鳥が。ミドリインコはほんとうの緑、ほんとうの赤。そして、めずらしい木のぼり魚がピョンピョン水から木へ、木から水へと飛んで。

――それで人家が一軒もなくて。

森　人家は一つもなし、人間は一人も住んでない。そして真っ白な珊瑚礁ですね、それが一面に海岸を取り巻いているんですもの。そして水は、もうほんとうの透きとおった緑というか、水晶みたいな。そのなかにきれいな魚がいっぱい見える。きれいな島でしたよ。

――植物もちゃんと生えているんですね。

森　もういっぱいです。

――そうですか。『あいなめ』のころの金子さんの話では、さきほどの鮫の話と関連してですが、枯木に小さな赤い花がつぶつぶに咲いてる、すっ頓狂な島だということが強調されてたのですが。森さんの「猿島」によれば、朝早くに着いて、朝から魚釣りもされたそうですね。

森　ええ、みんなそれぞれに必要なもの、コンロだとか釣り道具だとかを舟へ持っていきまして、沖で魚釣り、色鮮かないろんな魚が釣れまして、その魚を焼いてもらったんです。おにぎりやおはぎも作って持っていってたんですよ。そうしたら、おはぎだけは腐っちゃってました、暑いから。食べられなかった。お昼ご飯のあと、島をひと回りしようとしたんですが、ひと回りもできなかったですね。そのへんをぶらぶら歩いて、ひと休みしているうちに、幾時間も経たないうちに、ジャワ人の船頭が、どうも風があやしくなってきたから帰ろうと、知らせてきたのです。みんなあわてて舟に乗り込んだんですけどね。もういくらも漕がないうちに風が出てきまして。そのことを金子は書いてますか。

——いいえ、『マレー蘭印紀行』でもその他でも、その大しけについてはまったく触れられていないようです。その島についてだけしか。

森　それだけ？

――はい。

森　それでは、それはまたの機会に書こうとでも思ったんでしょうか。

――そうかもしれませんね。金子さんが亡くなったあとで森さんの「猿島」を読ませていただいて、帰りの大しけのことを知ったのです。金子さんからはまったく聞いたことがなかったですね。

森　どうしてかしら。それは、ちょっと一生の大事件ぐらいのことですよ。

――そうですか。そんなに荒れたんですか、ひっくり返りそうにまで。

森　ええ、ひっくり返りそうな。それが漕いでいくあいだに、風もひどく、波もだんだん三角の波になって、それがおそろしく高くなってきまして、しまいに、舟べりに立ってくる波が、一丈ぐらいに見えましたよ。それがザブリとくるでしょう。もう掻い出すのにたいへん、舟の水を。船頭は夢中になって漕ぐんです、少しでもバタビア（現在のジャカルタ）に近づこうとして。でも、押し流されて押し流されて、どうしてもうまく近づかないんです。もうひっくり返るか、もうひっくり返るかと思って、なるたけ平衡を失わないようにといわれまして、それで私と金子と、それからいっしょにいってくれました新聞社の社長の斎藤さんと、三人が必死でした。斎藤さんも、片側に寄らないように寄らないようにといいまして。ところが、陸地に近づいても近づいても、なかなか着かないんですよ、そばまでは行っても。空がかき曇って、暗くなっていまして、時間なんかほとんどわからなくなっちゃって。もうだめだと思いましたね。金子だって、私だって、斎藤さんだってそう思ったでしょう。同行のほかの舟はひと足先に着いてました。だから、わたしたちの船頭がちょっと下手らしくもありましたね。港の、ちょっとした囲いみたいになっている入口、そこへ入り込んで、それで波も静かになりました。そのときはホッとしましたね、これで助かったと思って。着いたときはほとんど日も暮れてました。ですから、三、四時間の戦いではなかったかしら。

――そうですか。そういう話は金子さんからはぜんぜんなかったですね。

森　あの猿島の帰りのことなんです。

――あのへんの海は鮫のいるところですし。もしかしたら海の荒れた怖さと、あとから思えば鮫がその下でぱっくり口をあけてるかもしれぬといったイメージと、そんなのが重なって、鮫への嫌悪感がどこかでますます増幅されたのかもしれませんね。猿島は、金子さんの文章では「珊瑚島」となってるのですが、いま現地ではプロウ・プトリといわれてます。プトリは、王女あるいは乙女。乙女の島というわけです。いまはちょっとしたバンガローなどあって、とてもすてきだったと、先日そこへいった知りあいの女性からききました。この暮にまたジャワへいきますが、一度そこへいってみようと思っています。

森　そうですか。ぜひいって、様子を聞かせてください。

ジャワでの話（3）

——ジャワに渡られた目的の重要なもののひとつに、パリへの旅費を稼ぐということがあったわけだと思いますが、東部ジャワのスラバヤで、思いがけなく絵が売れて、ともかく懐がゆたかになった。金子さんがそのあたりのことをちらっと話されるごと、ほっとした顔をされてたのを思い出します。これはやはり松原晩香さんが一生懸命やってくれたということになりますか。

森　そうです。スラバヤに日本人クラブというのがあって、そこで展覧会を開くことができて、松原さんのおかげで絵が売れたんです。松原さんはスラバヤのジャワ日報社の社長さんですが、そこでは新聞は出せず（オランダ政府の方針で邦字新聞の発行は一紙しか許されず、すでにバタビアで出ていたので）、その販売だけで、別に『ジャワ』という雑誌を出していたんです。月刊と聞いていましたけれども、きちんきちんと出ていましたかどうか、そこのところはよくわかりません。社員が四、五人ぐらいいましたかしら。

——その雑誌はご覧になったことありますか。

森　それは、日本へ帰ってきてからもずっと送っていただいていました。りっぱな雑誌でした。あっちの紙を使っていたかどうか知りませんけれども、とってもいい紙で、アート紙なんか使ったりして、写真なんかもいい写真がついていましたよ。

——そういう雑誌、どうされましたか。

森　惜しいことに、平野村へ疎開したとき散逸したらしいんです。松原さんは早稲田大学の卒業生で、とっても芝居が好きな人で、自分で芝居もやられますし、やるといったって素人芝居ですけれども。早稲田で演劇をやっていたんじゃないかしら。そうだ、スラバヤでわたしたちも素人芝居をやったんですよ、松原さんの肝煎りで。

——ええ、翻訳劇をやられたんですってね、どんなところで。

森　日本人クラブです。そこへ在留の日本人がときどき集るんですね。なにか事あるごとにそこへ集って、また内地から誰かが来ると、そこで講演会があったり、誰かダンサーが来てそこで踊るとか、催し事があるたびに楽しんだり、勉強したりするらしいです。

——そのときの「犠牲」というのは翻訳劇とありますけれども。

森　ストリンドベリーの芝居らしかったですよ。

——それで、みんなそれぞれ役を振り当てて。

森　そうです。前にもやったことがあるらしいです、松原さんはその台本を持っていられましたからね。金子の展覧会が済みましてから、その慰労だとか、社員の慰労とか、松原さん自身の楽しみとか、そういうものを兼ねて、ご自分が先に立ってやりたい道楽気分が大いにあったらしいんです。滑稽なんですよ。そのとき日本人の女の人で、何という名前だったか、踊り子がやはりスラバヤに来ていたんです、ダンサーが。

——それは興行に来ていたんですか、遊びじゃなくて。

森　いや踊りに。やっぱり興行に一人っきりで。

——どういう種類の踊りでしたか。

森　普通のステージダンスですよ。西洋風な。その人は、やっぱり松原さんを頼ってやってきたんですよ。つまりはその人も、そこでひと儲けしたいわけなんです。私たちのその芝居も、一つの助《すけ》になったというわけですね。同じ夜の舞台でやったので、だから、どっちが主だったかわからないみたいなものです。その芝居は、金子が青年士官になって、私がその恋人で、私には姉がいて、この姉娘はジャワ日報社の印刷工をしていた頭の禿げたお爺さん、そしてこの姉妹の父親が松原さんなんですね。父親は娘たちのために犠牲になって破産かなんかするという話だったですよ。ところがね、その青年士官はぜんぜん台詞をおぼえようとしないんですね。で、芝居がはじまって、とびだしてきたのはいいんですけど、一言もしゃべれない。プロムプターがいましてね、しきりに教えるんですけど、だめなんです。すると、プロムプターの声が客席に筒抜けで、そのために、客席がどっと沸くんです。ほんとうに滑稽でしたよ。そのメイキャップなんかはぜんぶ松原さんがやって。青年士官は顔中むちゃくちゃに赤ひげをつけて、眉毛と眼のくまどりのあたりだけは、白虎隊の顔とそっくりに、勇ましげに吊り上って。

――鉢巻きしてたんじゃないですか（笑）。

森　鉢巻きしたみたいなね、そんな感じになっちゃった。いかにも一文字の眉毛がいかつくって、黒々としててね。それがずっとのちになって、この家の庭で河邨《かわむら》（文一郎《ぶんいちろう》）さんの8ミリで、カルメンというのをやりましたね、あのときのカルメンの相手のドン・ホセですか、あのメイキャップは金子がやったのですが、そのときの青年士官のと同じなんですよ、赤ひげだけはとっちゃってね（笑）。

――その松原さんという人は、どんな感じの人でしたか。わりあい細面で、いい顔していますね。

森　なかなか好男子でして、俠気《おとこぎ》がある人なんですね。だけどはじめはとっつき悪かったですよ。はじめ会ったときは、私たち、もうだめだなあと思ったんです。いきなりジョクジャから乗り込んで、新聞社へ訪ねて行ったときには、ちょっとけんもほろろの挨拶されたみたいな感じだったので。それというのも、それこそ飽き飽きするぐらい、そういうのにぶつかっていられるんですよ、松原さんが。またかというようなものですよ。二度、三度つき合っているうちに、だんだん松原さんもその気になってきたらしい。

――その気というのは。

森　なにか一つ、ここで力を入れてやろうというような。

――この松原さんに『南方の芝居と音楽』という昭和十八年ごろ出したにしては豪華な本のあることご存じですか。

森　いいえ。（追記。少し前、日本に引き揚げていた松原さんは、ジャワへ応召、十九年帰国。その本はこの間に出版されたのだろうか。親しかった私たちがその本を見ていないのはおかしい）そんな本が。松本さんのご専門じゃありませんか。

――ええ、ジャワの影絵芝居とか舞踊とかに関するものが中心で、バリやタイ国の芸能にまで触れた本です。ぼくなんかもはじめはこの本で何とはなし影絵芝居の輪郭を知ったりしたわけです。坪内逍遥の序文があって、親交もあったようですが。建てなおす前のここのお宅の応接間の高い狭い窓の上の方にいっぱい影絵芝居の人形がぶらさげられていて、はじめてぼくがここへおじゃましたとき、異様な不気味さに、金子さんとジャワの影絵人形が重なって、いまでもその時初めてみたあの人形たちの印象が強く残ってるんです。何も知らず、あれは何ですかって金子さんにおききしましたら、あれはジャワの鬼だよってことでした。あの人形たちも松原さんからのものでしたね。

森　ええ、そうなんです。いつか松原さんがここへもってみえたものですよ。松原さんがパッサル・マラム（夜市）でこれらの影絵人形や原住民の細工物などを二ダース、三ダースというふうに大まかな買物をされるのを、お供の金子と私は驚いて見ていたものです。

——わりあい気が合うというふうな状態になって。

森　パッサル・マラムなんかがはじまったりして、松原さんも、いい友達ができたみたいなふうになって、毎日私たちの宿に誘いに来られました。金子はお酒飲めませんけれども、お酒の相手は、いつも根気よくやりますから、飲み友達みたいな顔をして注いで回ったり……いっしょによく遊びましたよ、子供みたいに。パッサル・マラムの中に子供用の電気自動車なんかもありました。

——といいますと、いわゆる夜店というのでなく。

森　そうなんです、一種の見本市なんですね。土地土地のめぼしい物産を並べて、製造工程なんかを模型にして見せたりもしてる。たいへんなものなんです。それまでバタビアでもソロでもパッサル・マラムにゆきましたけど、規模の点でスラバヤは違いましたよ。

——やはりジャワ第一の商業都市ですね。

森　電気自動車に乗ってみんなぶつかりあいっこをしたり、そこには郷土製品を売る露店や、小屋掛けの興行物、オランダ人経営のバーやダンスホールもありました。松原さんはそのへんの全部の人を知ってるんじゃないかと思うほど、いろいろ挨拶してましたよ。もう十年というジャワ生活だそうでしたからね。観覧車に乗って宙に吊りあげられて、スラバヤの夜景を眺めたり、バリの踊りをみたり、ジャワ芝居をひやかしたり、印度人の蛇使いをじっとみていたり。とくべつすることもないんですからね、歩き回って歩き回って、疲れるとオランダ人のバーに腰をおろして、毎夜ずいぶんおそくまで遊んでお喋りして、人がだんだん帰っていって、さすがに夜好きのジャワのパッサルもおしまいで、燈がひとつひとつ消えていく。そんなのを、じっとみてたものですよ。

——スラバヤではどれくらいの滞在だったんですか。

森 ジャワだけで四カ月近くですから、バタビアでだいたい一カ月、そのあとちょっと、スマラン、ソロ、ジョクジャと動いて、すぐスラバヤですから、二カ月はいたんじゃないでしょうか。

——そういうことになりますね。バタビアの新聞社ではいられなくなるという事件もおありだったですが、ジャワというのは、わりあいいい感じであったんですね。

森 お金もできましたしね。たいへん心に残る思いでした。

——そんななかででも、ひたすら先行きの心配をしなければならなかった金子さんは、どんなふうでしたか。パッサル・マラムで遊ぶ金子さんはやはり陽気だったようですか。

森 ええ、心配事はいつものことですしね。金子は見かけは陽気でした。なにしろあのころはまだ若かったのですからね。

パリへ

――ずっとジャワでのお話をうかがってきましたが、現地の人とか植民地支配者としてのオランダ人などについての印象はどんなものでしたか。オランダ人とは町ですれ違うくらいのものでしたか。

森　そうですね、オランダ人との交遊というものはまずありませんでした。スラバヤでは松原さんがオランダ人のレストランへ連れて行ってくれました。はじめバタビア（現在のジャカルタ）に着いたときは斎藤さんがレストランへ連れて行ってくれたり、ダンスホールをちょっと覗きに行ったりした程度で、オランダ人のいる場所を知ったくらいでした。住宅街を散歩しながら美葉植物と花にうずもれたバンガロー風な邸宅なんかを見て歩き、金子と、いい生活をしているなあなんて、いっしょに話して歩いたりもしました。それからスラバヤの日本人クラブで芝居をしたとき、オランダ人が見にきたりしていましたけど、それだってべつに交遊があったわけではありません。ほんとうのことを言うと、私たちはやっぱり貧乏人同士で、現地の人のほうに同情というか味方意識がありましたから、いくらかオランダ人には反感みたいなものはもっていたかもしれません。

——現地のインドネシア人の生活についてはどういう印象をもたれましたか。たいへんに貧乏というか。

森　現地の人たちともいったいに日本人たちは友だち付合いをしないんです。前から渡ってきている日本人たちが、現地の人たちとは主人と召使いとの付合いになっていまして、それでどうしても友だち同士というふうな付合いは少ないんです。

——とくに友だち付合いをしてはいけないとか、そういうことは言われてはいませんでしたか。

森　そんなことはないんです。ですけど、ないんですね、友だちが……。そこに住んでいる人たちにはあるのかもしれませんけれども、私たちには中国でお友だちになった人たちみたいなお友だちがなかったわけなんです。

——華僑の人たちとの付合いというのはどうでしたか。

森　それはもっとなかったでしょう。そういう点では、中国のときの旅行とはずいぶん違いました。

——それはパリでの生活ともまたずいぶん違いますね。そんななかでパリででも同じだったでしょうが、中国を通り過ぎてだいぶん日本から離れて時間がたっていた、そういうジャワにいたころの日本へのノスタルジーはどんなものでしたか。ジャワの風土はある意味では日本とたいへん似ているところがありますから。

森　それはたいへんなものでした。ことに私は小さな子供を日本に置いてきてましたから、子供に会いたくて会いたくて、子供のことを思うと、その場からすぐに日本に帰りたかった。でもその思いはなるたけ金子に知らせないようにと思っていましたけれど。ということは無理なことですからね。帰る気なら帰れるわけですから。でもパリへという思いもありましたしね。それで自分ひとりで涙をこぼしているときが多かったんです。

——金子さん自身は日本への思いというのはどんな感じだったでしょうね。

森　どうだったんでしょう。話すと悲しくなっちゃうから、お互いにふれないようにしていたと思います。

——旅行に出かけられた最初の目的のひとつには、まずパリに行くということがありましたね。それで中国から時間かけてマレーやジャワを動いておられて、ここのところ金子さんの書かれたものとか、最近、森さんの書かれたものをずいぶん読ませていただいているんですが、感じとして、森さんはパリへ行きたいという意志は非常に強くもっておられた、ということはございますね。

森　はい。

——その点、金子さん自身はどうだったんでしょう。やっぱりパリへ行きたかったんでしょうか。そのへんはどうだったんだろうなと思いながら本を読ませていただいたりすることがあるんですが。

森　半分半分くらいだったんじゃないでしょうか。

――ひたすら森さんに引きずられて行ったということは、とくに。

森　そんなことはないと思います。私はそんなに、ぜひともというふうには言っていませんでした。相談したこともありません、どうしようかなんて。どちらかというと、私はあなた任せで、金子がやりたいようにやってましたから。

――そうすると、なんとなく目的はパリだということがあった、というふうなくらいですね。

森　ジャワからシンガポールに上陸したとき、持ち金を勘定したんですね。そのとき相談を受けました。二人でパリまで行くのには足りないけれど、一人でとりあえず行くか、それともここから二人で日本へ帰ってしまおうか、そういう相談を受けました。日本を発ってはじめて相談というものをしたんです。珍しいことだったと思います。そのときまでは金子がどんどん自分で引っぱってきましたけれどもね。その相談の結果、よかったら私先に一人で行くと言ったんです。でもそうは言ったものの、いざ船に乗ったときは、しまったと思いました、心細くて。

――それまでは、なんだかんだといっても、だいたいずっとお二人ですね。ジャワから戻られて、シンガポールでマルセイユ行の船に乗られるまではほんの短い間ですね。

森　船待ちは一週間ほどだったでしょう。

——一人で乗られた船のなかのお話を聞かせていただけませんか。心細くて寂しくて、ちょっと病気もされたのですね、アデンの近くで。それまでは海を眺めたり。

森　呑気な、船旅にはもうすっかり馴れたものだったんです。

——シンガポールを出ると、あのころですとまずペナンですか。いきなりコロンボへ行っちゃうんですか。

森　コロンボです。半日くらいでしたが見物できました。セイロン島ですね。アデンに近づいたころに、インド洋の真中過ぎぐらいでしたかしら、すっかり食欲がなくなり、胃が重くなりまして。例の三等船客ですからムッとくる、吐き気のするような匂いが鼻につきましてね。普段のときはもう馴れっこになっているあの匂いですが。それと毎日毎日朝から八度近くの微熱がつづきまして。

——なんの病気ですか。

森　それがずっとパリへ着いてからも、その熱と、気持の悪さがつづいたんですけれども、わけがわからないんです。船のお医者さまに診察してもらってもわからない。どこといって悪くないんです。いまから考えてみると、きっと心細さからくる不安感ですね。それから疲れがいっしょになって出てきたものじゃなかったかと思います。それまではデッキに出て海を眺めたりしていたんですけれども、ずっと三等のベッドにこもりっきりになってしまいました。そののち、後部甲板の隔離病室というのは船の孤島みたいなところなんですが、そこへ一人っきりで隔離されてしまったんです。

一日一回お医者さまと賄いのおじさんがくるんです。食事は三度三度ボーイが持ってきました。賄いのおじさんは朝果物を出しにくるんです。近くに果物倉庫がありましたから。そのたびに珍しい果物を一つ二つ置いてってくれたんです。それで助かりました、食欲がなかったものですからね。紅海に入りますと、砂漠が見えてきます。ラクダにアラビア人が乗っていく姿だとか、砂漠の砂の風紋が船から見えてきました。

——隔離されている病室から見えるわけですね。

森　そうなんです。はるばる来たという感じがしました。インド洋では、南十字星も見えましたが、それは前々の南方の海以来おなじみで見て知っていましたけれども。遠いところをクジラが潮を吹いていくのが見えたり、たくさんの何匹ともしれない、あれはヘビですかね。船のうしろからついてくるのが見えたり。

——有名なインド洋の夕焼けとか。

森　それに、地球がまるいというしるしの水平線が毎日見えたりして。いかにもお盆の上に船がのっかってるような感じですね。

——いつかお聞きしたんですが、シンガポールから船に乗るときに、一つしかないパスポートでどうして行けたのだろうかということ。

森　ああ、あれは私の思い違いでした。やっぱりシンガポールでちゃんと二つにしたんです。

——ジャワから帰って、先に行くからということになって。

森　そのときの船待ちの間に、シンガポールにいた斎藤さんという外交官の方がきっと急いで、二つに分けてくださったんだろうと思います。

——それで一人で船にも乗れたわけですし、マルセーユへの上陸も。

森　そう思います。そんなはずありませんものね、パスポートなしではね。

——なるほど。だから最後までパスポートが二つあって、ベルギーへ行ったり、またパリへ戻ったりできたわけですね。話はとびますが、なぜ戸籍をパリで二つに分けられたのか、パスポートを分ける関係かと思っていたんですけれども。

森　私が「森」になったことでしょう。これは金子の、あまりいいことではないんですけれども、自伝にも書いていますように、パリでは金策のためにいろいろな人に迷惑をかけています。領事館でも評判を悪くしてましたから。私がどこかに職をさがして、いいところを見つけて、いざその日になって行きますと断わられちゃうんです。あなた、ご主人が金子さんでしょう、ちょっとうちでは都合が悪いんですけれど、と。そういうことが二度三度重なり、それで困っちゃいました、この調子ではどこへ行ってもだめだと。それにパリというところは上陸と同時に「他国人は労働することを禁ず」というスタンプを捺されちゃいます。だから働くとなりますとどうしても日本人関係の飲食店とか、貿易商関係とかに限られるんです。その限られたところで断わられちゃいますと、もう働き口がないわけなんです。それで仕方がないからここのところは籍を別にして、ひとり者になったことにして、その上で就職するより仕方がないと、それで別にしたんです。

——パスポートとはまったく別のことですね。

森 なんか、情事関係なんかのことで別にしたというわけではないんです。その点では二人とも納得ずくです。だからその後もずっといっしょに住んでいましたよ。私がブリュッセルに行くと金子もあとからやってきましたし、私がパリへ行くと、またパリへやってきたりして。まあそんなふうでしたよ。

パリでの話（1）

——ここのところ、森さんの『をんな旅』を読ませていただいてたんですが、そこではフランス人、いやフランス人だけじゃないんですね、パリに住んでる日本人以外の人の話がずいぶん出てきます。逆に金子さんの『ねむれ巴里』を読んでいますと、外国人があまりでていなくて、日本人がいっぱい出てきます。金子さんのほうは、パリに住んでいる外国人との付合いというのは、比較的少なかったんでしょうか。

森　それは、私のほうは働いていましたから、その関係で外国の人と自然に……。ただアイーシャという一流の絵のモデルさんなんかとは、あれは働いている関係ではなくて、偶然ダンスホールで紹介されましてね。それは藤田《ふじた》嗣治《つぐはる》さんの甥の友《とも》さんという人が当時フランスに留学していられまして、やはり藤田さんのお宅で顔見知りだったんですが、その方からモンパルナスのダンスホールでアイーシャを紹介されたのです。芦原友信《あしはらとものぶ》さんという人でした。舞踊評論家の芦原英了《えいりょう》さんのお兄さんです。で、そのあと金子といっしょにアイーシャを訪ねたんです。画家の宇留河《うるがわ》さんもお誘いしていっしょに行ったと思います。

――宇留河さんはそのころも上海からパリへ。

森　マルセーユからパリへきていらして、ちょうどそのころ出会ったんです、偶然。それでお誘いして……。いろいろな人と知合いになりましたよ。私はアリアンス・フランセーズというフランス語の学校にいってましたから、そこでの友だちも多くて、その方たちはよく家へ遊びにきてくれましたね。二十二番ダゲールのホテルや最初のころのリュクサンブール公園前の通りにあったホテル・ロンドルなどへもきてくれたと思います。その都度金子に紹介しましたから、金子の自伝のなかにも出てきてると思いますわ。

――『ねむれ巴里』で、金子さんとの付合いのうち、しばしば登場する人物に出島《でじま》春《しゅん》光《こう》という人がいますが、この人は森さんの印象ではどんな感じの人でしたか。

森 パリでゴロゴロしている絵描きさんの一人なんですよ。古いんです、パリで。もとは藤田嗣治のような画家になろうとねらってやっていた人なんです。ところがなりそこなったんです。どちらかというと気の毒な人なんです。気が弱くて、そうしてこわいもてでね。年中食うや食わずで、たべていくためのお金が欲しくって、その相棒になったのが金子なんです。私は半分ありがたくて半分迷惑という気持でした。というのは、出島さんのような人がいればこそ、いくらか金子にもお金が入ったと思うんですけれども、そのお陰でまた評判を悪くしたと思うんです。出島さんがいなかったら、ああいう大胆なこともできなかったでしょうし、それも私はどんなことしたかよく知らないんですが、たいしたことしていないでしょう。やっぱり、ゆすり、たかりみたいなことだと思います。

——そのあたりのことは『ねむれ巴里』にもちょいちょい書かれていますけれども。絵はうまかった人ですか。

森 あまりうまくないと思います。それに、一生懸命で修業するというような暇や熱心さを持ち合わせなかったんじゃないかしら。フランス人の奥さんがいましてね。その奥さんのために尽していたんです。

——森さんはその奥さんに会われたことありますか。

森　会わせませんでした、なぜだか、一度も。毛皮が欲しいとか、どことかの宝石が安いとか、そういうことで出島さんは一生こき使われていたようです。

——絵の勉強どころじゃないですね。ところで、森さんご自身とくに印象に残っている日本人としてはどういう方たちがいますか。

森　やっぱり上永井正《かみながいただし》さんですね。

——最初にお世話になった、絵描きさんの。

森　そうです。とても親切な、しかも真面目で、また絵の勉強に熱心な人でした。これは出島さんなんかとはぜんぜん反対の側の人です。インチキ性のない人。展覧会なんかも真面目に出品していましたしね。パリにシテ・ファルゲールという、アトリエばかりの一角がありましてね、そこは鉄梯子であがったりおりたりするような立体的な作りになっている一角でして、いくつもアトリエがあるんですよ。日本人の絵描きさんがたくさんそこに住んでいました。よその国の絵描きさんも。そこの下のほうの一室に、上永井さんはずっと長いこと住んでいらっしゃいました。私はジャワでいただいた松原さんの紹介状を持ちまして、パリへ着いていちばん先にそこを訪ねたんです。ずいぶん親切にしていただいて。

——最初、木村毅さんの旅に出られたあとのホテル・ロンドルに住むようになったきっかけも、上永井さんのご関係でしたね。

森　そうです。

――その以後も上永井さんとは、ちょいちょい会われたんですか。

森　ええ。金子がきたときも、金子を連れて挨拶にいきましたし、ずっと、いまだにお付合いしています。日本へは戦後十年くらいたったころでしたかしら、展覧会をしにいらして、それでこの武蔵野の家へも訪ねてこられましたよ。その展覧会へもいきましたし、懐かしかったです。そのとき私、お嫁さんもお世話しようと思ってさがして、さがしあてたころに、別の人をもうおもらいになっていましてね。いまもいっしょにいらっしゃいますけれど。

――個展をひらくため日本へ帰ってこられて、それでずっと日本にいらっしゃるんですか。

森　いいえ、そのあとパリに帰られて、それからはこられてないいんじゃないかな。その後こられたということ聞かないですね。

――まだ健在なのですか。

森　ずっとご健在と思いますよ。あの個展のあとは南米航路で帰られたと思いますよ。それでまた南米で展覧会して。面白いんですよ、上永井さんの話は。私、小説にも書きましたけれども、南米で個展して絵を買ったひとのひとりがお金を払えなくて、その代価に土地をもらったんですって。ですからブラジルに広大な土地があるんですって。ブラジルでの土地持ちのままでパリの郊外に住んでいるんです。いまは家持ちになって、子供もできて、その子供さんがもう大学生かもしれませんね。

——上永井さん、お年はどれくらいの方ですか。

森　私くらい。

——そうですか。上永井さんのほか、とくに日本人で印象に残っている方はいられますか。

森　いろんな人と会っていますけれども、みなちょっとパリへ来て、つーっと帰っちゃった人が多くて。

——当時知合いだった外国人で、とくに印象に残っている人というと、やはりアイーシャですか。アイーシャについては、森さんの『をんな旅』にでてきますが、あれはしみじみとしたいい文章で、とても心にのこっています。

森　アイーシャなんかに会いますと、パリでこそこういう人がいるんだなという気がしましたね。ああいうモデルだとか、女優だとか、歌うたいだとか、そういう、いろんなパリの芸術家たちのなかで暮らしてきた女の人たちね、そうとうの年になっていましたから、そういう人たちの成れの果てというような、ものの寂しさというようなものを、ひしひし感じましたね。そうしてまた若いときの華やかさというものがわかるような気がしましたしね。いかにもパリらしい、そうしてモンパルナスらしい、そういう気がしました。

――アイーシャという人はアメリカ・インディアンのモデル女ということでしたね。

森　そうなんですが、白黒のあいの子なんですよ。けれども、生まれはやっぱりパリらしいですね。

――白黒のあいの子ということになりますと、むこうの人にとっては、エキゾチックな感じのする女性なわけですね。

森　そうですね。そのほか、そんなに付合いがあったというわけじゃないけれども、またいかにも、こういうところでしかいないなというような気がした人には、伯爵夫人モニチという人がいましたよ。この人のことは金子の自伝にも詳しくでてるようですけど、やっぱりバルザックの小説にでも出てくるような人で、伯爵夫人だと自称しているというわけですよ。でも、ほんとうに伯爵のご主人をもってたようで、ただ、その伯爵の称号というのは、フランスのじゃなくて、どこか中央ヨーロッパあたりの小さな国の伯爵の称号なんですね。それは事実だというんですよ。パリというところは、フランスはいったいにそうなんですけれども、ドというのが好きなんですね。それで伯爵なんていうと、なんでもかんでもありがたがるんです。それで伯爵夫人なんていう肩書でいろいろな事業をやると、それだけでちょっと成功したりするんです。

――そうとうな金持ちの感じでしたか。

森　そうなんです。自動車なんか乗りつけましてね。お金も払わずポイと乗捨てて行くんですよ。だまって、家の中へ入ったり、角を曲っていったりする。運転手は、自動車代を貰えるものだと思って本人の帰ってくるのを待っていると、ただ乗りだったりなんかして……相手のうちの真ん前で乗捨てて、待たしておいた車には見つからないようにしていなくなる。相手のうちの人も、そんなこと知らんというわけですよ。

――金持ちのくせに、そういうことをやるわけですか。

森　いやいや、スッカラカンなんです。ですから、そういうことを年中やっているわけです。

――身なりはキチッとしているわけですか。

森　身なりだけはちゃんと、レースなんか着て、いかにも伯爵らしい格好しているんです。だけれどもお金はほとんどなくて、年中やりくり算段している。それも出島さんが紹介したんです。やっぱりなにか画策があったんですね、利用できるという。モニチのほうでもなんか画策があって。そういう、いかがわしいことが多いんです。よっぽどこっちがしっかりしていないと。だからこちらは見物でもするつもりで……でも、おもしろいから出かけていくんです。なんでも材料にならないものはないんですからね。

パリでの話（2）

――パリでもずっと不如意つづきの生活をされたようですけど、ひとつ、森さんがイタリア人の彫刻家のところへモデルにいかれた一時期は、どうやら楽しげな。

森　ええ、カエタニ氏のところ。面白いおじいさんでした。これはりっぱな紳士で、もう六十歳ぐらいでしたね。

――毎日モデルにいかれたわけですね。

森　ええ、すごい邸宅に住んでいましてね。あれはでも自分の家ではないでしょう、イタリアに自分の家があるんでしょうからね。私がいったそこはパリの凱旋門の近くでした。

はじめは金子と二人で雇ってもらおうと思っていったのですが、金子はことわられて、ちょっとがっかりしてましたよ。まあ私だけということになり、それで毎日、彫刻のモデルになるためにでかけたのです。一日、二時間モデルとして坐ってるわけです。二時間ですけど、そのあいだに中休みがくるんですよ。一時間ほどたつと、いつもカエタニ氏は「ピエトロ」と大声で呼ぶんです。すると従僕がうやうやしく入ってくるんです。従僕はいかにも中世期の従僕みたいな格好しているの。カエタニ氏がイタリア語でなんかいうと、おやつを持ってくるわけです。おやつはイタリアのビスケットと、ベルモット。カエタニ氏と私はそれをいっしょに食べるんです。そんな二十分間くらいの休憩があるんです。

——そのあと、またもう一時間。

森　しゃべりながら、粘土をくっつけたり、取ったりの仕事をやるんですけれども、そのおしゃべりが面白いの。

イタリアではファシズムがさかんだが、ファシズムは日本の武士道に似ていると思わないかとカエタニ氏はいいます。ファシズムをよく勉強してない私は困って、「ファシズムは絶叫しているけれど、武士道はもっと静かなものです」と答えると、氏は面白がって大笑いするんです。

そんな話をしながら、姿勢は崩さないで、気分を楽にしろというわけなの。

——この前写真を見せていただきましたけれども、胸像が一つありましたね。あの胸像を作られただけ……。それで二、三週間通うわけですか。

森　そうです。でもそのあとでまた作りましたよ、胸像を。横向いたり、形を変えてうつむいたり。ですから、都合三ヵ月ぐらい仕事があって通ったかしら。

あれは助かりました。その仕事を世話してくれたのは安南の若い女の人なんです。友だちではありませんでしたけれどもね。あれはどこから電話がかかってきたのかしら。

どういうつてでできたのか。私が仕事を探しているというので……。やっぱりアリアンス・フランセーズでフランス語を習ってた人だったんですね。そのほかにはつてがありませんもの。

それから私、パリの思い出ということで、一つあるんですよ。それは金子の自伝のなかにもありませんし、私も書いてませんし、それにいままで、ほかのものはみんなみじめったらしいことばかりなんですけれど、これだけはちょっとしゃべりたいんです。フォンテンブローへ行ったときのことなんですよ。これはすごく豪奢な話です。

――パリでもはじめのころですか。

森　金子がパリに着きまして、あの自伝には、ちょっと誤りがありましてね、時間的な誤りが。

――誤りといいますと。

森　自伝によると、パリへ着く汽車はマルセーユから夜行でパリへ着くんです。けれど、すぐ私のところへくるわけではなくて、住所調べをして、それで暇がかかって、ほんとうはその日おそくなって着いているんです。もう私は寝床に入ってたんですが、そのときトントンとドアを叩く音がありまして、「だれ」といったら、「金子」というんで、嬉しかったり、びっくりしたり。自伝によると、お昼ごろ着いて、しばらくして私がパリ市内を案内したことになっていますが、そうではないんです。それに、その道案内とフォンテンブローは関係があるんです。

——道案内というのは。

森　それには靴の話もあるんです。

——靴には釘が出ていてたいへんだった話ですね。

森　そう。私は方角音痴なんです。翌日さっそく、パリ案内をするといいまして、モンマルトルへ連れていこうと思ったんです。ところがパリというところはご承知のように放射状でしょう、道が。方形になっていないでしょう。だから道をまちがえるとたいへんなんですが、二つぐらい方角をまちがっちゃったらしい。ずっと横へそれてしまいまして、行けども行けども、ムーランルージュへ行き着かないんです。そうすると金子もいっしょになって、どんどこどんどこついてくる。そのうちにとうとう音をあげましてね、どうも靴が痛いというんです。

それはピナン島の華僑の店から買った、あの靴なんです。くぎが出ているんですね。それを出がけのときからがまんしていたんです。がまんしてついてきた。そんなわけで、何時間かかかってモンマルトルへ着きましたよ。その帰りに、諏訪ホテルへ寄ったんです。そのとき金子が、どこか近いところへちょっと旅行したいんだけれどといいましたら、諏訪ホテルのおじいさんが、フォンテンブローの森のホテルはどうかと教えてくれたんです。それがイーグル・ノアールというホテル、黒鷲旅館ですね、あそこを紹介してくれましてね。紹介状も書いてくれたんです。それで金子が、幸いいまのうちだったらフォンテンブローへいくぐらいの金は持っているから、金がなくならないうちに、見物してこようじゃないかと。それで出かけたんです。

あれで五日間ぐらいいましたかね。それが豪奢な話というわけなんですけど。オテル・イーグル・ノアールではすごい部屋に通されたんです。冬のことですから季節外れでして、他にお客なんか一人もきていないんです。ルイ十五世式の部屋でして、すごい寝台が部屋のなかにドンと置いてありましてね。ガラスの切子細工のシャンデリアが、上からガチャガチャ、ガチャガチャとさがっていまして、部屋の四方は額縁みたいになった鏡がずっと取巻いて、下はフカフカの絨毯、椅子から長椅子、全部なにからなにまできんきらのルイ十五世式。そういうところへ通されちゃった。ベッドなんか大きいから、その上に体を乗せると、スポーンとなかへ入っちゃう。そうしたら金子が、こういうりっぱな部屋に入ったんだから、ロマン派の詩人で、宮廷のことや貴婦人のことを書いた詩人アルフレッド・ド・ミュッセの名前をあげまして、どうだい、ミュッセごっこをやろうじゃないかということになりました。私は、中国だとか南方の夜店だとか、パリに早目に着いている間にジプシーの店から、二フラン、三フランで買ってきた耳飾りとか首飾りとか腕飾りとか、みんなガラクタなんですけれどもハンドバッグに入れて持ってまして。それを、裸になりまして、体じゅうに全部飾ってベッドに横たわるんです。金子は騎士になりまして、詩を朗読して聞かせるという、それがミュッセごっこなんですよ。

――それはフランスでよくいわれてた遊びですか。

森　いいえ、自分たちで発明しただけのミュッセごっこ。

――ははあ。

森　そういう豪華な部屋だから、部屋にふさわしいような遊びをやろうというので、そんなことをして、時間つぶしをしたわけです。

――部屋のなかは暖かいでしょうから、ほとんど裸になって、その飾りをつけて。金子さんのほうも裸になって、それなりの飾りだけをつけて。

森　そうそう。ジャワサラサを腰に巻いたりして、詩を朗読する、暗誦したりして。どうですか、それちょっと豪華でしょう。そういう、ちょっとした日々もあったんです。

――それはそれは。で、ホテルのご馳走はどうでしたか。

森　それはいっぺんも食べずじまい。それが私たちらしいでしょう。食事はその村の小さなレストランへいってしまいました。一食五フランとか八フランの安いところへ。村を歩きながら、バルビゾンのなかをサンドイッチを持って歩いたり。でなければ五日間なんかもちませんよ、部屋代を払って。

――ホテルには、それなりの食堂というのは別にあるんですね。

森　あるんです。でもなにもいいませんでしたね。かえって、めんどうくさくなくてよかったんでしょう、きっと。

――へんなお客だと思った。

森　そうでしょう。そういう点はうるさくないですね、あっちはね。嫌味一ついわなかったですよ。取るだけのものを取ってね。私は、なにかというと、のんきな話になってしまいますね。性分だからしようがありません。反対に金子はというと、なんかいかにも悲痛なことになってしまうんですけれどもね。

――実際は、そうでもなかったと思うんですけれども、書くとなると悲痛な面が多くでていますね。それに金子さんは『ねむれ巴里』などを除いては、若いころからあまりパリの生活については書かれてないようですが。

森　そうですね。だいたいパリというものに金子は興味もたなかったんではないですか。ベルギーも書いていないでしょう。ベルギーの生活なんていうのは、そんなに悪い生活ではなかったと思うんですよ。ルパージュさんがいてくれたし。やはり金子は南方が好きなんではないんですか。南方と、それから中国。肌に合うんではないですかね。それは植民地だからそうというのでなく、気候でも風土でも植物でもそういう気がするんですけど。

パリでの話（3）

――パリでは金子さんは金子さんらしくあちこちをぶらぶらされてたようですが、森さんは逆に、そうした中でフランス語の勉強に精出されたり、社交ダンスを習ったり、パリ便りを書かれたりしてられます。それに森さんはベルギーでフランス語の詩集を出されますね。そのいきさつについて、ちょっと話していただけませんか。

森　あの詩集の詩は南方からずっと書きためていったものが多いんです。そして、パリで持ち歩いていまして、フランス語にしたんですが、むろん自信がありませんでした。その当時、藤田嗣治さんのおうちへ時々遊びに行ってましたものですから、詩集を出したいという話をしたんです。そしたら藤田さんが、いまどきあんたが日本人の女として、普通の詩集を一冊出したって、フランスには絵描きが何万人いるみたいに、詩人が何万人いるか、何十万人いるか知っていますか、見向きもされませんよ、それよりガリ版で刷って、日本の着物でも着て、クーポールやドームの喫茶店に夜人の出盛るころ行って、自分で売り歩きなさい、そのほうが面白いし、効果的ですよと教えてくださったんです。

私、本当にそうしようかなと思ったんですよ。それにしても内容は見てもらわなくちゃと思って、その原稿を持って行ったんです、藤田さんのところへ。そうしたらそのころ藤田さんのところへしょっちゅう来ていらしてたのが、有名な詩人のデスノスさんで、デスノスさんが気軽にひょいと受け取って、寝そべりながらずっと目を通してくださいました。そして、ちょいちょいと訂正してくださったんです。

——それを売りに行くということはなかったんですか。

森　それをやらないうちに、私のベルギー行きの話、アントワープの就職が決まっちゃったんです。それで就職を断ろうか、こっちをやろうかと思って迷っちゃったんですけれども、就職を断るということは、いかにも惜しくて、藤田さんのところへ挨拶に行って、その話をしたの。そうしたら、詩集を売るのはあとだっていいだろう、就職を先にしなさいといわれた。それではといって、就職したんです。その後、金子がルパージュさんのところへいって、その話をしたらルパージュさんが、それなら、うちのフランシンが版画をやっているから、彼女の版画を添えてブリュッセルで出しなさいと。

——ルパージュさんの娘さんですね。

森　そうです。版画があれで五枚ぐらい入りましたかしら。それでもずいぶん日にちがかかりましてね、結局、日本へ帰ってから本ができました。それをブリュッセルから送ってくださって、それが新宿の紀伊國屋書店に出され、並べられたこともあります。売れませんでしたけど。

ルパージュさんは、とてもいいおじさんでした。とくに金子にとっては、なんともいえないいいパトロン格の方でした。もうなにからなにまで気を使ってくださってね。早くからの知合いだったらしいです、第一回のヨーロッパ旅行のときからの。大きな体をした、赤ら顔の方で、ロシア系の外人ですね。自分でくるまを重たい体でヨイコラヨイコラと運転して、ほうぼうの見物なんかにも、誘いにきてくださるの、ホテルの前まで。ニューポールなんていう海岸を見物のときなんかでも、いちいち説明してくださって、また毎週土曜には自分のうちへ招待してくださって。

――第二回目の旅行のときは、ルパージュさんのところへ行くのはずいぶんあとですね。なぜ最初に行かれなかったかという感じがするのですが。

森　そうなんです。どうしてでしょうね。ただ、パリとベルギーとはちょっと離れていますからね。でも、すぐ行けばよかったんですけれど。私もベルギーへ行ってみて、なぜ早く来なかったんだろうと思いましたね、ルパージュさんに会ってみてね。

奥さんもいい人でしてね。ルパージュさんが大きいのに比べて、奥さんは小柄な、いかにも熱心なカトリック信者というような感じの、親切な人でした。旦那さまの陰にかくれてなんでもなさるというような感じの人でした。それにその娘さんたちがまたとっても朗らかで。アンマリーとフランシンというの。この人たちは私たちが日本へ帰ってきてからも、ずっと音信がありまして、結婚した、子供ができたといっては知らせてくれました。それが戦争で途絶え、戦後はわからなくなりました。

——ルパージュさんは、日本へは来られなかったのですか。

森　来たがってらしたの。私たちもぜひいらしてくださいといってお誘いしていたの。外人で、日本へ来たがっていても、ちょっとおっくうがるような人があるんですね。よく日本のことを知っていて、おっくうがりやでなかなか来ない人、ルパージュさんはそれだったんですよ。

——話は前後しますが、アントワープではたいへんなお仕事だったんですか。

森　いいえ。たいした仕事ではなかったんです。例の画家の出島さんの紹介なんです。アントワープにミヤコ商会という貿易商があって、それが船の賄《まかない》業もやっているんです。そこのミヤタさんという社長さんが、出島さんの絵のパトロンだったんです。私がパリで就職先がなくなって困っているとき、アントワープへ行けば、自分が紹介すれば、かならず使ってくださるからといって手紙を書いてくれたもんですから、十一月の寒いときでしたけれども、出かける決心をしたんです。そのときはもう金子も、一時私をアントワープへやるより仕方がないなと思ったらしいんです。

——金子さん一人パリに残って、生活の手立てというのはなにかあったわけですか。

森　なんにもないんです。だからたいへん不安なことなんですけれども、そうかといってどうしようもなし。アントワープの仕事といいましても、私に専門的な知識があるわけでもないし、事務的なタイプライターを打ったり、船の賄業としての買物のお手伝いですね、船の人の。船が着くと、船長、機関長、それから水夫長なんていうえらい人たちがそこにくるわけで、そういう人たちのご馳走の用意だとか、そういうふうな雑務があるだけです。事務室の整理をしたり、早くから起きてストーブを焚いておいたり。

——アントワープで生活されたりしていて、いちばん最後がルパージュさんのところになるわけですね。

森　最後はそうですね。

——金子さんが先にヨーロッパを発たれたときの旅費の算段というのは、ルパージュさんからということに。

森　そうです。私は仕事の都合でアントワープからパリへ、そしてまたパリのあと、私はブリュッセルへ移ってましたから。そのあいだに金子とルパージュさんのところへ時々招かれるわけですが、そのうちにルパージュさんがとりあえず金子の分の都合をつけてくださったんです。先に日本へ帰り、私の旅費は日本から送るということになっていたのです。

——ところが金子さんからではなくて、日本から、森さんのお宅からのお金がくるというわけですね。

森　そうです。ですから私が船に乗って、シンガポールまで行ったとき、金子がシンガポールで逗留しているなんて思ってもいませんでした。まったく思いがけなかったんです、もうとっくに日本へ帰っていると思っていましたのにね。あとで聞きましたら、シンガポールまでしかなかったんですって、お金が。

——ルパージュさんのところでは、日本へ帰る分まで借りて?

森 それがどうして日本まで通しで切符を買わなかったかと思って。あとになって私考えたんですけれども、気が弱かったんですね。シンガポールで降りるって、きっと言い出せなかったんだと思うの。でなければ使い込んだんですね、なにかで。

——途中、マルセーユじゃなく、アントワープから乗りましたもの。その当時はアントワープまできていたんです、日本郵船の船が。

森 マルセーユじゃなく、アントワープから乗りましたもの。

——『西ひがし』によりますと、パリで一度汽車を乗り換えて、マルセーユまで行き、マルセーユから船に乗ったと書かれています。アントワープから乗ったとは書かれていないようですよ。

森 そうですね。でも私、船だったような気がする。アントワープからいきなり船に乗ったほうが安上りでもあったんじゃないかと。

——また『西ひがし』によりますと、金子さんはルパージュさんには悪いからシンガポールまでのお金を借りたと書かれてます。

森　そうですね。

──森さんはアントワープから乗られたんですか。

森　アントワープから乗って、ロンドンを見物して、ドーヴァを渡って、帰りました。船によっては、マルセーユ止りもあったんです。自分のことをいって恐縮ですが、だいぶ前に私が『群像』に書いた「去年の雪」という小説がありまして、それに書いていますけれども、金子とベルギーで別れるところがありまして、それで金子と、キャバレーのようなバーですね、向こうは日本とちょっと様子が違いますから、キャバレーといいましてもバーみたいなものですけれどもね、そういうところで、最後に日本に行く金子を見送ったことになっているんですが、事実そうだったんです。ですから、駅とか波止場までは行っていないんです。だから私は、アントワープの港から出たもんだとばかり思っていたんです。

だけれども、ベルギーで切符は買ったはずで、そのときからもう、シンガポールということはわかっていたんですね。私は金子が日本まで通しの切符で行って、ことによるとこどもを連れて東京へ行っているか、それともこどもだけまだ残して、東京に家でもみつけてくれているかなと思っていたんですよ。そうしたらシンガポールの、サクラ・ホテルのおやじさんが迎えにきていてびっくりしました。

──そのときはじめて知ったのですか。

森　シンガポールで、ご主人がおうちにおいでですからというんで、びっくりしたんです。あんた、どうして私が船に乗っていることがわかった、ときいたら、郵船から知らせがあったと。船から乗客の名前をいちいち知らせるんですね、行く先々の港々に。

『こがね蟲』のあと（1）

――長い旅でのこと、いろいろお話を伺ってきましたが、ここで一つ、もしお応えいただけるようでしたら、お聞きしたいことがあるのです。長い旅でのあいだに、金子さんと別れたい、そういった気持をおもちになったことはありませんでしたか。

森　そうね……。急で、ちょっとはっきりしたことはいえませんけれど、いま思いついたところでは、別れて帰ってこようかと思ったことが、二度くらいあったかと思います。

一度は、上海滞在中でした。もう、すぐにでも日本に帰りたいと思ったんです。でも帰るのには旅費がないから、ちょうど上海にきてらっしゃった前田河《まえだこう》広一郎《ひろいちろう》さんを日本租界の文路にあった旅館にたずねていって、お金を借りようと思ったんです。その頃私は、日本内地から持ちこしのプロレタリア運動に熱をあげていまして、上海などにぐずぐずしていないで、早く日本へ帰ってそうした仲間に加わりたいという気持が強かったのと、そういうことに同調しない金子がじれったかったということがあったんです。前田河さんとこに行ったのは、前に、金子が前田河さんのために少し尽力してあげたことがあったからです。当時、前田河さんの売れっ子時代で、『改造』の連載小説の材料を探しに上海にきてらっしゃったんですが、滞在費が足りなくなっちゃったんですね。その金策のため、私たちがその頃よく知っていた上海の宮崎議平さんという、お金持の、非常に労働運動に理解のある方のところへ前田河さんをつれてって、お金を借りてあげたことがあったんです。そういう関係から、前田河さんをたずねていったわけなんです。前田河さんはしみじみ私の話を聞いてくださったあとで、じゃあひとつその方面の適当なところに自分から紹介状を書いてあげるからということになりました。そこで夕飯になりまして、鶉のたたきのすき焼などをご馳走になったりして、日本行きの汽船がいつ出るか、そんなことを調べたりしているところに、金子が追っかけてきたんです。

　そして金子が談じ込んで、いろいろ話してるうちに、引き止めるということになって、前田河さんも、無理に別れるってことしなくてもいいじゃないかということで、取り止めになっちゃったんです。

――金子さんとの話合いはなしに帰ろうと思われたわけですね。

森　そうなんです。それからもう一度はパリで。そのときは、パリに、郷里から私の帰りの旅費がきたんです、一人分だけの。それを金子が黙って使い込んだんです。金子は私が知らないと思ってたらしいんですけれども、私にはすぐピンときてたんです。だけど責めたってしようがないんだし、責めれば苦しいだけの話だからと思って、それで知らない顔してたんです。私がのんき坊主で、ぼんやりしてるんだと金子は思ってたらしいんです。けれども、私は、なんとかしてもう、別れたいと心のなかでは思っていました。

──そうでしたか。そのあたりのお話はまたお聞きしたいのですが、今日は遡りまして、いちばん最初、金子さんの存在を知られた頃のことをお聞きしたいのです。やっぱり『こがね蟲』によってでしょうか。

森　はじめて金子光晴という名前を知ったのは、詩を勉強していて、勉強というほどでもないけど、まあ、そのあいだでのことです。

──関西で、森さんは『塔』という雑誌に関係してられたとか。

森　金子はそう書いていますが、あれは『地平』という雑誌なんです。その雑誌は関西人の詩友や歌人たちでつくっていたものでした。

──そのグループのなかで勉強してられるときに、金子光晴という名前をはじめて……。

森　いえ、それとは別です。私が金子と知りあった頃は、もうその雑誌はつぶれていました。東京へきてから、ほかの雑誌なんかで見て、金子の名を知ったんです。

──その頃はもう『こがね蟲』は出てたんでしょう。

森　出てましたけれども、そんなに有名でもなかったんです。そう、大山広光という早稲田の学生がフランス文学をやっていて、その人が『地平』の仲間にときどき顔を出してたんです。というのは『地平』の仲間に恋人がいまして。

——蒲生千代という人。

森　そうです。その関係でも、金子光晴の名前を聞いたり、詩を読んだりしたわけです。そういうことで、ちょっと金子の名前を知ってるときに、金子の弟子格の牧野吉晴という、これは画学生ですが、その牧野吉晴が私を金子のところへつれていった。それがはじまりです。ちょっと話が横道にそれますが、あの頃詩壇の中堅詩人ばかりが書いていた『日本詩人』が出てましたね。それに金子の名も出てたんじゃなかったかしら。

——当時、詩をいろいろ読まれて、特に関心をもたれた詩人というのは誰でしたか。

森　その頃は雑誌などで「詩話会」の人たちがいちばん仕事をしていたんですけれども、私は、川路柳虹《かわじりゅうこう》とか、百田宗治《ももたそうじ》とか、そういう人たちを、関心というより、一生懸命に読んで勉強してたんです。

——そんななかで、牧野吉晴につれられて、金子さんのところにはじめて行かれた、ということになるわけですね。

森　ええ。

——金子さんに会われた印象というのはどんなでしたか。

森　それが、ちょっと詳しくお話することになりますが。牧野さんといっしょに出かける約束ができましてね。私が女高師の三年生の三月で、春休みになったばかりでした。約束の時間に牧野さんが、私の学校の寄宿寮の門の外まで迎えにきて、そこからいっしょに赤城元町の金子の家まで行ったわけです。電車をおりてから神楽坂をのぼって、郵便局の横町を入ると右側に板塀があり、そこに木戸がありました。牧野さんが木戸を開けまして、またなかに入って、細い路地の玄関部屋の前まで私をつれて行きました。そこに大鹿卓《おおしかたく》さんが立っていたんです、金子の弟の。そして卓さんがいうんです。今日はこちらでなく、森さんがおいでになったら、新小川町のほうに案内してくれ、ということで、自分がここで待っていたと。それで卓さんにつれられて、新小川町の家へ、またトコトコと、三人で神楽坂の裏の道を歩いて行きました。

――牧野さんと三人づれですね。

森　そうです。どうしてそういうことになったのかあとで聞きますと、その新小川町の家というのは、金子の養母の家で、そこに金子が待っていたんです。若い女のお客がくるときに限って、サトウ・ハチローさんが赤城元町の部屋へやってくるんですって。その頃、金子のところへは『楽園』の若い連中や詩を書くような人たちがよく集ってたんです。ハチローさんはちょっと悪童ですから、わざと若い女性の困るような猥談なんかをやって、困らせるんですって。だからそれを避けようと、新小川町のほうへ行って待ってるということになったわけなんです。

新小川町のほうへ行きましたら、格子戸のところで、金子の養母という人が出迎えてくれました。その人はとっても若々しい粋な女の人でした。挨拶したりして、二階へ案内されました。二階には、もう牧野さんと卓さんがあがってまして、もう一人、宮島貞丈という人が取りまきみたいにして坐ってました。金子はといいますと、部屋の真ん中の大きな置炬燵《おきごたつ》に入ってました。三月のポカポカとあったかい日だったんですけれども、炬燵にあたって、むっくり顔をもたげてこちらを見るんです。明るい、南向きらしい窓がありまして、障子にはいっぱい陽がさして、とっても日当りのいい部屋なんですよ。それなのに炬燵にあたっているんで、びっくりしました（笑）。

　そこではじめて金子に挨拶をしましてね。だけど、印象は、と聞かれましても、もうはじめから何か引きずりまわされたみたいになっちゃって。舞台回しのほうがすごいのでびっくりしちゃって、本人の印象のほうなんかよくおぼえてない……。でも、やさしい感じの人だと思いました。

――その、舞台回しというのはどういうふうな……。

森　あっちに行ったりこっちに行ったり……。

――その日はあまりそこにはいなかったわけですか。

森　しばらく話をして……。私は、やっぱり詩のことを質問したんでしょうね。なんか答えてくれたんですけど、要領得ないような、ボソボソ何かいっただけ。欄間に掛っている小さな油絵をさして、話の途中で突然、「あれは牧野が描いた絵ですよ」なんて、余計なことをわざといったりして。私は、うっかり「山ですか」といったんです。真っ赤な岩みたいな絵なんですよ。そうしたら、「いや、あれは大島の海です、海岸です」といわれて（笑）。それで余計どぎまぎして、赤くなっちゃったりして……。なんか突飛なことという人だなと思ったんですよ。

——なるほど。そういう突然変異的なやり方は生涯そうだったんですね（笑）。そのときは、午後から行かれたわけですね。

森 そうです。

——それで夕飯まで……。

森 いえ、長居しないで、遠慮して早くに帰ってきました。帰りぎわに金子がいいました、「明後日またきませんか」と。それで私、一日おいてまた行ったんです。というのは、学校が始まると、そんなにちょいちょいはながい外出はできないから、行くなら春休みのいまのうちだと思ったんです。

『こがね蟲』のあと（2）

——金子さんに最初に会われたその時、森さんはもう『こがね蟲』はごらんになってましたか。

森　出たということは知ってました。あれは震災の年でしょう。

――そうすると翌年の春だったのですね、はじめてお会いになったのは。この時期、ちょっとお聞きしてるところでは、森さんは、吉田一穂《よしだいっすい》さんとたいへん懇意だったということですが。

森　そうなんです。吉田一穂さんとは、恋人同士だったんですけど、吉田さんには、お嫁さんになる人が決っていたんです。そのことは同人雑誌の友だちの蒲生千代さんから聞きまして、それで悩んでたんです。吉田さんは当時はまだ大学の文科の学生で、下宿生活をしていました。学校へはそんなに出ないで、大方下宿で詩を書いていたようでした。その下宿である女の人とかち合ったことがあるんです。でも、それが吉田さんの婚約者かどうか、その時知らなかったんです。あとになって思い合して、そうだったんだなと思ったんです。そういうことがあったあとだったものですから、非常に悩んでいました。金子と会ったことで私の運命は大きく変りました。学校をやめることになって……。

――女高師をもう少しで卒業という……。

森　ええ。退学したのは四年生になった一学期のあとですから、あと一年足らずというわけです。

――それで約束通り、最初に会った二日後に行かれて、その時金子さんはいかがでした。

森　それが、たいへんだったの。

――その時はほかの人はいなかった……。

森　誰もいませんでした。お母さんもいなかった。金子は、相変らず炬燵にあたっていましてね。

――そのへん、詳しく話していただけますか。

森　……言いにくい(笑)。そうですねえ。少し話をしているうちに、おちつかないから、うちは鍵をかけておけばかまわないんだから、表に出ようかというので、神楽坂の紅屋という喫茶店へ行ったんです。そこでいっしょにコーヒーをのみました。その時金子は、大きなノートを一冊持ってきてまして、それをひろげて、今度これをまとめて一冊の本にしようと思うという話をしました。それが『水の流浪』だったんです。そんな話をしながらも、金子はなにかソワソワしていて。その時は私が伊豆の大島へ旅行しようと計画してるときだったんです。一人では心細いから、ちょうど学校が休みになるから、郷里から弟を呼び寄せていっしょに行くつもりだという話をしましたら、金子は、大島には一度行ったことがあるから、いっしょに行ってあげてもいいんだけれども、などといってました。それから外へ出て、江戸川べりへ出たんだと思います。道々歩きながら、暗い――暗いというのは、人通りのない川べりのさびしい道で、いきなり、僕はあなたが好きなんだけれど、恋人になってくれませんかと、そんな意味のこと言ったんです。それで私、実は、吉田一穂さんとのことがあるんですと打明けて、吉田さんとのことを気持の上ですっかり解決して、吉田さんに会って事情を話してから、それからご返事しますから、といったんです。そうしたら、気持だけは、いますぐはっきり返事してくれって。でもそんなことといわれてもと、困っていたの。すると、気持だけでもはっきりしないのなら、今このノートを、川の中に叩きつけちゃうなんて、突然その分厚いノートを川へ放り込もうとするんですよ。びっくりして、ちょっと待ってちょうだいというわけです。いいわ、ウンというから、ということになってしまって。ずるいのね（笑）。そういうところはやんちゃですね。そうです。その晩は蒲生さんの家に泊めてもらったんです。そのころ私は大森の蒲生さんの家にときどき泊らせてもらってました。学校がお休みのときですけどね。その大森の家で郷里から出てくる弟を待って大島へいこうとしていたわけなんです。寄宿舎に弟はいれない、男ですからね。そのことは金子にいってあったんです、そこから伊豆に発つからと。そしたら、その大森の家へ、伊豆へ発つ朝夜明けごろ、まだ寝てるのに、金子さんがいらっしゃいました、というので起こされましてね。あわてて起きて、家の人たちに迷惑かけるといけないと思って、外へ出ました。そのとき『こがね蟲』を一冊持ってきてくれていたんです。

――それは、ノートを川へ投げるといった何日後ぐらい。

森　二、三日後で、そのとき初めて『こがね蟲』を手にしました。そのときは近くの山、大森の近くに小高い松林の丘がありまして、そっちのほうに歩きながら、伊豆ゆきの話などして別れたんです。

――『こがね蟲』を持って大島に行かれたわけですね。『こがね蟲』を読まれた感じはいかがでした。

森　いまから考えると、よくはわからなかったのではないかと思います。ただ詩から感じとれる豪奢な感じや、エキゾチックなめずらしさに目を見はりました。そして、「二十五歳の懶惰は金色に眠つてゐる」などの言葉が大好きで、すっかり暗記していました。

――その『こがね蟲』は、ずっとあとまでお持ちだったですか。

森　ずっと持ってました。ところが金子の最初の全集刊行のとき貸してあげて、そのままなくしちゃった。それも、ほかの本もみんな、全部森三千代様と書いてあったんですけどね。『水の流浪』だとかその他、みんな私貸してあげたの。ですから、いま私のところには、私が長いあいだにもらった詩集は一冊もないの、ひどいわね。そのときの出版社が失くしたのか、金子がその後失くしたのかわかりませんけれども。

――そうですか。で、大島旅行された後、金子さんは森さんにずいぶん手紙を出されたということを、何かに書かれていましたが。

森　ええ、大森の家へ。寄宿舎へは男の人からの手紙はいただけないんです、舎監にいちいち調べられますから。それで、蒲生さんの家へ出しておいてくれる。そうすると、日曜日やお休みのときにそこへ遊びに行って、私はそれを読むんです。その手紙が、衝動的な手紙でしてね。ちゃんとした封筒に入っているんですけれども、開けてみますと、広告のへりを引きちぎったものだとかに、一、二行くらい、いますぐ会いたいとか、今どこで何をしているのだとか、そういう簡単なことしか書いてないんです。それが三通も四通もたまっているんですよ。たくさんあるのはうれしいけど、どんな重大な手紙かと思って読んでみると、そういうのばっかりがたまってますから、こちらでは、いちいち開いてはあっけらかんとしてました。もっとラブレターらしい手紙の内容を期待していたから。そして読みすてて、紙屑籠に入れるんですよ。私もうかつでしたけれども、ほんとうならとっとくんでした。とっとけばいい記念になったんですけれどもね。ところが、蒲生さんのお兄さんが慶応にいってまして、そのお兄さんが、あとからその手紙を紙屑籠から拾って、面白がって、きれぎれになったのを貼りつけて復原して、私にみせていやがらせするんです。壁掛けみたいなものに仕立てあげてね（笑）。広告の切れっ端を手紙にして、そのまま封筒に入れてなんて、どこかの喫茶店かなにかで書いて、出したりしたんでしょうね。

――青森県の碇ヶ関《いかりがせき》に、福士幸次郎を訪ねて、そこにしばらく滞在されるのは、その夏でしたね。

森　ええ、手紙をたくさんもらったりしたあとで、一学期がすんだ時で、夏休みの初まりでした。その頃、私は、もう学校を止める決心をしていました。

『こがね蟲』のあと（3）

——妊娠中のお体で森さんは金子さんと碇ヶ関へ行かれますね。金子さんの文章には福士幸次郎さんの話、さまざまなエピソードがあらわれますが、森さんからみた福士幸次郎はどのようでしたか。

森　それが、福士さんと私とは、それほど深いおつき合いがないんです。碇ヶ関ではじめて知りあいになって……。そのときは一ヵ月余りでしたかしら、川を挟んで、向こうとこちら側に住んで、金子がよく書いてますように、タバコ銭を川に落として何時間もかけて、川をせきとめてお金を探してられたことなどはよく覚えてますけど、福士さんは、それはもう呑気というか、野放図というか、非常な変り者でしたけど、感じのいい方でした。でもその後はほとんどお目にかかってなくて。そうですね、私がヨーロッパから帰りまして、まだ金子がマレーから帰り着かない、あのあいだに、一度私のところを訪ねてくださったことがありました。

——意外に会われていないのですね。ところで、まもなく乾《けん》さんの誕生というわけですが。

森　ええ、青山の赤十字病院ででした。

――私たちは若葉ちゃんの生まれたあとの金子さんの大へんなかわいがりようをずいぶん身近に見せていただいたものですが、乾さんへのかわいがり方は、どんなふうでしたか。

森　最初はまだ父親の実感はなかったようですね。病院へはじめて見舞いにきたときからしてそうなんです。生まれて、知らせがいった朝早速やってきたんです。ベッドのたくさん並んでいる、大勢の病室でしてね、その並んでいる向こうの入口のほうに顔が見えまして、やってきたなと思って見ていますと、赤いゴム風船が見えるんです。糸を指にからげて、フワフワ持って近づいてくるんですよ。ニヤニヤしながら近づいてきましてね、枕元から覗き込んで、いつもの調子で、「どうしたい、どうだい、元気かい、坊や元気かい」って……（笑）。看護婦さんが笑いましてね、「その赤い風船は坊ちゃんへのおみやげですか、奥さんへのお見舞いですか、まだ坊ちゃんは、お目々は見えませんよ」と、からかったりしたもんでしたよ。個室じゃありませんから、あまり長くもいられないし、しょっちゅうきてもいませんでしたけどね。退院して、赤城元町の家へ帰りましてからは、ほかに誰も世話してくれる人もありませんし、よく手伝ってくれましたよ。金子の養母がいたわけですが、子供を育てたことのない人で、子供時代の金子を育てたといったって、ずっと女中任せでやってきた人ですから、てんで手が出ないんです。だから、私と金子と二人でやるよりしようがない。朝から夜まで、いえ、夜中まで手のかかる赤ん坊の世話を手伝ってくれているうちに、やっぱりかわいくなってくるんですね。しまいにはもう自分からすすんで、なんかかんかやってくれるようになりました。

――たとえば、おむつを換えるとか……。

森　ええ。その当時ちょっと話題になったことがあるんですけど、すっかり私が肥立ちまして、春になって、とっても陽気がよくなり、子供もだいぶ大きくなりまして、外へ連れていかれるようになったんです。久しぶりだというんで、子供を私がおんぶして、銀座へ行ったんですよ。金子が、おむつの入った袋を片っ方の手に持ってくれて、そんな格好で銀座を歩いてたら、知らないうちに、新聞社の写真に撮られちゃったんですね、一つの銀座風景といったふうに。もちろん向こうは私たちの名前は知らないし、私たちも有名でもなんでもないから、ただ、そういう春めいた日の銀座の一風物として新聞に載ったんですよ。すると私たちを知っている人たちはその新聞をみて、なんだかんだと手紙をよこすんです、みっともないじゃないか、男のくせにおむつの袋なんかぶらさげて歩いてというわけで。これは余談ですが、おむつ袋どころかおむつを換えてくれるようになりました。でもね、そんなふうにしてだんだん子供のかわいさがわかってきたんだと思います。だから、のちに若葉や夏芽をかわいがったりするんだって、そのかわいがり方をすでに経験してたってわけですよ。まったく同じかわいがり方でした。若葉なんかおんぶしていましても、ほんとうに乾のときと同じ格好しておんぶしているなあと思って。

――いろいろなおもちゃを買ってきたりなんか……。

森　あの当時は夏芽や若葉のときのように、自由に買ってやれませんでしたけれども、それでも、できるかぎりはなにか買ってきてました。米びつはからっぽでも、乾のおもちゃ箱だけはいっぱいでしたもの。

――そのころ、わりあい早い時期に長崎へ行かれますね。

森　最初に長崎へ行ったのは、乾が生まれて六ヵ月ぐらいのときだったと思います。私が乳脚気といいまして、脚気にかかったんです。乳はたくさん出るんですけど、いくら子供が飲んでも、みんな吐いちゃうんです。はじめはこちらも未経験のことですし、お医者さんにみてもらったら、これは乳脚気だと。乳は飲ませちゃいけないんですね。いまだったら、薬や注射とか、いろいろと手当ての方法があって、そのまんま治療しながら飲ませられたんですけれども、その当時は母乳は捨てて、牛乳とか粉ミルクで育てるという方法しかなかったんです。でも今度は子供のほうが、なまじ母乳の感覚を知っているもんですから、ゴムのおっぱいに慣れないで、どうしてもいやがって飲まないんです。だんだん痩せちゃって、これじゃ危いというふうになりましてね。それで考えちゃったんですよ。夏にかかって、夏痩せと両方で、死んじゃうんだったら、いっそのこと私どもの両親に一目見せて、死なせたいと思ったり、それから、私の両親はたくさん子供を育てた経験をもっていますから、そこへ行けば助かるんじゃないかしらという気もしたり、両方考えましてね。ところが私、ちょっと両親の家の敷居が高かったんです、学校を蹴飛ばして結婚したりしたものですからね。それで、行きにくいのを手紙を出しましたら、やはり親ですね、「すぐ来い」という返事がきたんですよ。もう渡りに船と金子といっしょにとんでったんです。それが八月末だったと思います。

――長崎にはどのくらいいらっしゃったわけですか。

森　翌年の四月ごろまでいました。

――その機会に上海へ行かれるわけですね。

森　ええ。すっかり子供は快復して、私も脚気が治りますしね。長崎は、私は学校時代、夏休み、冬休みに帰省してましたしね。

――そのころご両親はもう長崎にいられたのですか。

森　父が長崎の中学に転任してきていましたから。

――長崎の印象はいかがでしたか。

森　東京や、故郷の伊勢とは、感じのまるで違った土地柄でした。エキゾチックなその感じが、私は好きでした。来てよかったなと思いました。脚気もだんだんよくなってきてからは、唐寺といいましたか、高い石段の上にあるお寺、それから、出島、割栗石を敷きつめた坂道だとか、天守堂だとか、そういうところを歩き回って楽しみました。懐しいところです。

――ときには金子さんもごいっしょですか。

森　ええ、少しは。金子は子供と私を長崎へ送ってきただけで、すぐ東京に帰りまして、私たちの健康が快復して、迎えにきたとき、いきなり上海に行かないかって言い出して、上海行きということになりました。佐藤紅緑先生のところへ行って、先生のお仕事をお手伝いしてたか、それとも自分の仕事を、先生になにかお世話を願ったか、そんなことで上海行きのお金ができたんじゃないでしょうか。そのとき、谷崎潤一郎先生からいただいた紹介状なんか持ってましてね、上海での中国人の方たちへの紹介状を。だから、ちゃんともう手はずを整えてやってきたんです。子供を長崎にあずけて出かけました。そんなわけでこのときの上海旅行は、後の上海滞在とは違って、苦労はありませんでした。私なんか洋服などありませんでしたから、春の洋服をつくってもらったり、それから杭州の景色を見に、ずっと泊まりがけで出かけたりしました。贅沢はしないけれども、苦しまない旅行です。金子もずいぶん楽しんでたようですよ。一カ月ほどの旅でしたけれども。

『こがね蟲』のあと（4）

——第一回上海旅行のあと長崎へ寄って東京へ帰られてからは、高円寺、中野雑色町あたりの、たいへん貧乏されていた生活になるわけですね。赤ん坊の乾さんも少し大きくなって……。

森　ええ。それに妹を連れてきたんですよ、長崎から。はる子が女学校を卒業しまして、金子のつもりでは、お礼心があったんですね、きっと、私どもの両親たちに対する。乾も丈夫になったし、私も丈夫になったしというような、ほかに礼のしようもないから、私の妹でも連れてって、東京見物でもさせて、しばらく遊ばせてやろうというくらいの気持があったと思うんです。

高円寺から中野へ、もうほんとうにそのころは貧乏暮らしでした。なんのお金の当てもなくて、だから、金子は年中お金の画策ばかりに苦労していたと思います。

私自身も子供を抱えて、それで妹がきているんだから、妹に子供を頼んで、働きにでも出るといいと、いまだったら思うでしょう。ところが、その当時は時代が違うんです。女が働くというような場所もないし、そういうふうにできてないですね。家庭の女性が働くとなると、たとえばカフェーの女給さんとか、タイピストとか、電話の交換手とか、車掌さんとかいうふうに、なんかそっちへ没入していかなくてはできないというような、そういう職業しかないんですね。

――ある程度職業が決っていて……。

森　そうなんです。それなら、ほかに家庭で内職かなんかないかと探しても、そういうものも当時はないんですよね。不況の時代ということもあったんです。

――その当時の金子さんのお金の画策としては、どういうお金のつくり方があったんでしょう。

森　やっぱり原稿を売るよりほかにしようがありませんでした。だから短いものでも、子供向けのものを書くとか、雑誌のほんとに埋め草みたいなものを売るとか、そんなこと以外に方法はありませんでした。だから小説を書いて、懸賞小説に応募するとか……。

――考えますよね。

森　中野にいるころだったと思います。そのころ、上海から田漢《でんかん》さんが訪ねていらっしゃいました。田漢さんというのは、上海で、谷崎潤一郎先生のご紹介でお目にかかったことのある方で、日本に留学し、日本通の中国人なんです。その田漢さんが突然もう一人の中国の人と、二人連れで訪ねていらしたんですの。ほんとに突然なのでびっくりしましてね。うちはもう小さな借家で、部屋へ通すといっても、座布団しかないんですの。向こうの人は腰掛けなくちゃ坐れないでしょう。田漢さんは日本の生活を知ってたとしても、もう一人の人なんか坐れないですよ。あぐらもかけないですよ。座布団を積み重ねて腰掛けてもらいました。でも、なにを出すといったって、なんにも方法がないんです。お茶しか出すものがないというような……（笑）。すっかりうろたえちゃいました。それでも、まだそのとき金子が家にいたから助かったんで、私一人で、幼い乾と妹がいるだけだったらどうしただろうかと思ったことでした。

そのときは上海での話なんかがはずみまして楽しかったんですが、お帰りの際に、なにか思い出になるようなものでもさしあげたいと思って、探してもなんにもないんです。結局は乾の産着にもらってあったメリンスの鎧兜の模様のある切れがあって、それをさしあげたんです。そのとき田漢さんが、「今日これでおしまいじゃないですよ。もう一度お目にかかれるんです」といわれるんです。銀座で菊池寛さんが田漢さんたちお二人の歓迎会をなさるそうで、その席へ、また私たちに出てくださいといって招かれちゃったんです。

じつは横光利一さんが、田漢さんに金子の住所を教えてくださったんです。そんなことで、金子が横光さんの家へ行ったんですね。そこで横光さんが金子に『改造』の懸賞小説を書くことを勧めてくださったらしいんです。「君ね、小説書いてみたらどうだ」……きっとなにか金子の詩を読んだかされたんですね、横光さんが、いけるんじゃないかとお思いになったんじゃないでしょうか。それで書いたのが「芳蘭」。

――そうでしたか。いきなり、一発当ててやろうかというのでは、書けないでしょうしね。

森　その小説を書いてた場所というのが、いまから考えてみると笹塚の家でしたね。どうも書いてた座敷の具合が笹塚の家だったような気がします。

その笹塚では、一つ先に吉田一穂さんが住んでいたし、ずっと先の烏山には中西悟堂さんが住んでいて……。

――一つ先といえば代田橋ですね。いま話に出た吉田一穂さんとは、結婚前後に、うまく話し合いがついたということになるわけですか。

森　ええ、あれは金子が私を連れて行きまして、話っていうほどのこともないですけど、暗黙のうちについたらしいです、お互いに。先方には許嫁がいて、お互いに苦しんでた間柄でしたし、金子も話しましたような気持でいるし、私と二人でやってきている姿を見て、吉田一穂さんも納得したんですね。

――それ以後は友達同士というような格好で……。

森　ええ。そうなんです。それからはもうそれっきりで、長いこと会いませんでした。ヨーロッパから帰って余丁町に家を持ちましたとき、ひょっこり訪ねてみえました。なんだか仁義みたいでした、お互いに。なんにも触れないで、わかり合っているみたいな顔しながら……。

――たとえば笹塚あたり、わりあい近くに住んでられて、そのころは顔合わせることはないわけですね。

森　たまに訪ねてみえましたけど、それは金子が在宅の日か、特別な用のあるときに限ってでした。一度、高円寺にいたとき、ひょっこりいらしたこともありました。いつでも近くに住んでいられるんですよ。私たちが吉祥寺に来てからは、三鷹に。そして、めったに訪ねていらっしゃらない。おかしな方ですね。

――そうこうしているうち、金子さんが二度目の上海へ行かれますね。このとき、金子さんが乾さんを連れて長崎へ預け、森さんは東京に残して行かれるんですね。これはどういうわけで……。

森　あの上海行きは国木田虎雄さんがいっしょでしたね。実はそれまで子供連れの生活で、私が子供相手では勉強がちっともできなかった。黒板をぶらさげといて、そこになにかを書きつけたりしているのを見て、金子がこういう機会に、じっくり一度勉強したらどうかといってくれたんです。それには子供といっしょでは専心できないということ、それからもう一つは、女と子供だけでは笹塚が寂しいところなんです。新開地でして、春の嵐の強いときなど、裏木戸なんかが音を立てて鳴りまして、ほんとに怖いみたい。それに子供を置いて留守にするというわけにもいかないし、私一人なら、なんとかまだ戸締まりをして……。当時、金子の実家が大久保にあって、怖くなったら、泊まらせてもらうといいっていって、それで私だけ置いてったんです。それがとんでもないことになっちゃった。

――二ヵ月ほどあとに金子さんが上海から帰ってきたとき、森さんがいない……。

森　詩の勉強をするつもりが、Hさんに会ったために、イデオロギーの勉強をしちゃったんです。その前から、そういう時代的な気運というものに誘われてたんですね、イライラしてたんですよ。そういうものを金子は感じてもいたんですね。だから、勉強したいという私の気持がわかってたんですよ。

――このへんのこと、金子さんが上海から帰って、草野心平さんを案内にして、森さんのいるHさんの部屋を訪ねていくあたりから、パリ目的の旅に発たれる直前までの辛い、思いきった生活の様子は、森さんの「青春の放浪」にたいへん詳しく書かれていますね。

森　あの作品は少し興味的になっちゃった。

――興味的というよりは、一人の女性の生きる辛さとか、なんかしなければいけないとか、そういう気持の動きがあの時代を背景に非常によく出ていて、いま読ませていただいても胸の痛くなる思いにかられます。いま興味的といわれましたけれども、あの小説には、フィクションも入っていますか。

森　ええ少しは。

――あれは戦後になって書かれますね。

森　書いたのは戦後です。

――話はまた戻りますけど、そのとき、金子さんが乾さんを連れて東京を発たれます。森さんはそれでいいと、十分納得のうえだったのですか。

森　それは不安でした。だから、東京駅まで見送っていきましたときも、とっても心配でした。もうそれは、窓から乾が手を出さないようにとか、そんなことまでいちいち注意したりして。けれど長崎へ行ってしまえば、預けて世話してもらったりした、前の経験がありますから、その点、わりあい安心してました。行き帰りが心配で、国木田さんご夫妻がいっしょでしたから国木田さんの奥さんに一生懸命で頼み込んだりしてましたもの。

――ご自分は、一人で残るということは平気でしたか。

森　平気のつもりでした。私は、一人にはわりあい慣れてますもの。でも怖かったですね、実際ひとりになってみると。金子の実家の大鹿の家へ泊まらせてもらいに行きましたもの。しまったと思いましたね、最初の晩に。

〝放浪〟のあとさき（1）

――ところで、森さんが社会主義思想に強く関心をもたれる時期はいつごろですか。お茶の水の学校時代でしょうか。
森　いいえ、お茶の水にいるとき、そんなこと煙にも出したらたいへんです。それにその頃は、そうした方面への関心は私にはぜんぜんありませんでした。それは、Hさんからの影響なんです。
――そうですか。それではもうちょっとあとですね。Hさんとはだいたい、いつ頃からお知り合いでしたか。
森　そうですね、Hさんが草野さんと中野の家に遊びにいらっしたのが、乾が二つくらいのときです。Hさんが私の家へいらしたのはそのときが初めてで、それっきり会う機会がありませんでした。一年くらいたって、その頃はよく詩人の会がありまして、新宿の紀伊國屋の二階で、よくそういう会があったんです。そこによく詩人たちが集っていました。そんなとき、Hさんに会ったのが二度目で、それからのおつきあいなんです。
――はじめはそんな会合のおり、いろんな話がでて、思想的にも啓発され、自分で本を読んだり、話をきいたりして、社会主義思想への関心がだんだんに深まっていくということになりますか。
森　思想への関心ですか。いえ、そうではないんで、それは別です。そうした詩人の会合とはぜんぜん関係なしなんです。ご承知のとおり、その頃は新しい思想運動というようなものが、盛んに起ってきた時代ではあったんです。なんかこう、一つの新しいものを、新規を追うということではなくって、真実を追求したいというような、若者の気持ですね。そういうふうな、何か人生に対する願いみたいなものが私にあったんですね。

――そのきっかけは、Hさんからという……。

森　……ええ、まあそうなんです。そしてまたその勉強のため、自分を助けるというか、何か教えてくれる人が欲しかったんですね。

――その当時、金子さん自身の思想的関心というのはどのようだったんですか。

森　それなんですが、当時、アナーキズムだとか、コミュニズム詩人だとかが、盛んにさわいでいるときに、金子は、しーんとしてたんです。

森　関心がぜんぜんないように見えました。それが私にはとっても物足りなかったんです。だからHとの恋愛というものも、それから金子と旅に出かける動機も、みんなそこに関連していくんです。

――関心がなかった……。

だから、今からよく考えてみますと、三人ともみんな真剣なんですの。そういう時代に、金子は金子で、Hさんは Hさんで、私は私なりに、それぞれの立場で、ほんとうに自分の道を真実に――真実という言葉はなんかキザですけれども、生きようとして、そして苦しんだ果てのことだった、という気が今してるんです。

――そんな中で金子さんは、さまざまな思想にはあまり関心がなくて、何に熱中されていたのでしょう。

森　ということは、やっぱり自分自身を守っていたことになるんではないですか、つまり、うかうかとかぶれたくないという気持があったんではないですか。それを、無視ということにとれば別ですけどね。そんなことじゃないと思いますね。うかうかと乗っていきたくないという気持が強かったんではないでしょうか。

――また話を少し戻させていただきますが、〝放浪〟の旅出発直前の、Hさんとの高萩海岸での生活は、いまの時代のこととして考えてみましても、ずいぶん思いきったあり方だと思います。一ヵ月ほど高萩海岸で恋人といっしょにいて、しかも予定の行動のように、出発の二日ほど前に東京へ帰ってこられます。あのへんの森さんの心境、それはほんとうのところ、どんなだったのでしょう。

森　鶴巻町のうなぎ屋の二階にいたときですね。

――ええ。そうでしたね。

森　そうですね。これもちょっと固有名詞抜きにしましょうか。あれはね、Yさんていう女の人がいまして、私の古い友達なの。その友達がそのころ遊びにきましてね。私もいけなかったんですけれど、私と金子がヨーロッパ旅行の準備をしてる最中のときで、金子が留守でして、私がお茶飲みに誘いまして、近所の喫茶店へコーヒーを飲みに行ったんです。そのときに私が、ちょっと冗談に、「私ね、ヨーロッパへ行く準備はしているけれど、ほんとうのことというと、ちょっと行きたくない事情もあるんだけれど、なんだったら、あなたが私のかわりに行かないかしら」っていったんです。それで金子を誘いかけるみたいなその友達がすっかりそれを本気にしてしまいまして、それで金子を誘いかけるみたいな態度に出たんです。それをいいことにして、金子がYさんに必要以上に親切にしたりして、そんなことから喧嘩になり、それがきっかけで私は高萩に出かけてしまったわけなんです。

——それで予定としては……。

森 でも九月の一日に出立しようということは、もうその前から金子との計画の日程になっていたんです。だものですから、高萩にいても、もっと早く帰ろう帰ろうと思っていたんですけど、帰れなかったんです。ほんとうは帰りたくなかったんですけど、一日に間に合うように、その前日に帰ってきたんです。ちょっと悲愴な別れ方したんです。Hさんは鶴巻町の近くまで送ってきました。そして私が自分のうちへ駆け込んでいったのですけど、金子は留守でした。金子は夜になってから帰ってきたんですけど、まさかと思っていたらしいんです。

——それで、とにかく出発ということになりますね。そうしたときの金子さんの気持というのは、ごく常識的に考えますと、妻に対して寛大などという言葉の範疇にははまらない事態でしょう。

森　おっしゃるとおりだと思います。私が無軌道だったんです。彼としては困惑してたんではないでしょうか。だけど私が帰ったときは、喜んでくれました。それは目に見えてわかりました。

――それで出発ということになるわけですけれども、わだかまりのない気持で出発というわけにはいきませんね。

森　そうですね。でも私は決心して帰ってきたんですし、金子としては計画中のことだったんですから。

――パスポートなんかももう準備できていた。

森　ええ。あとで聞いた話なんですけど、Yさんという人が、金子にいったそうです。どういうわけだか、このパスポートを金子が見せたんですね。パスポートに金子といっしょに写ってる私の写真をながめながら、「この写真私のとかわらないものかしら」って。だから非常に乗り気だったんです、Yさんは。

――それはむしろ金子さんとしては困惑の状態ではあったわけでしょう。

森　そうにちがいありません。この場合、私は悪女の役割です。なんだかYさんにも悪いことをしたと思っていますし、金子にも悪かったと思っています。

――でもいちおうそこで戻ってこられたから、そのあと金子さんの気持としては、予定どおりだということで……。

森　まあ癪にはさわるけど、助かったという気持だったんではないでしょうか。

——それで、中国からマレー、ジャワ、パリまで旅行されて、その間にHさんへの気持というのは、森さんからだんだんに薄れていかれますか。

森　そんなことありません。

——もちろん金子さんは、そうした話題を、ぜんぜん口にされることはない。

森　私もちっとも出しませんでした。

——いつかのお話では、中国とパリと、二回ほど別れたいという気持があったとおっしゃられた。その背後にはHさんへの想いというものは……。

森　その二度のときは、ぜんぜん関係はありませんでした。私の気持に、Hさんのことが残ってるということをいうならば、それはもっと別なかたちで、パリで思い出したりしてることがあるんです。私の日記に残っています。パリへ着いたすぐのころ、フランスの映画雑誌を買ってきましたら、映画俳優の写真がのっていて、それがHさんの面影に似ていると思って、思い出して泣いているっていうようなことが書いてあるんです。だから忘れているとかいう気持ではありませんでした。

——ずっと旅行されてる間じゅう、森さんの関心にあった社会主義思想への勉強の気持は、実際にはどういうふうな形で、こころのうちに育てていかれたわけですか。

森　それは旅行中、ずうっとついてまわってました。上海からマレー、ジャワ、パリ、いつでも少しでも勉強しようと心がけていたようでした。それはやっぱり旅行先でいろんな本を読んだり、新聞を読んだり、その土地の状況を知りたがり、なんとかして仲間に入りたいとか、それから知識をなんとかして得たいとかっていう、そういうことで、いっぱいいだったらしいんです。

——その点、金子さんはどうだったのでしょう。いろいろ話し合われたことはありましたか。

森　金子とは旅行中も、そういうことで話し合ったことは一度もないんです。私一人で勉強したり、一生懸命に考えこんだり……。ほんとは金子とも話したかったんですけど、どちらからも、そういう話はしようともしなかったし、話したりすると、喧嘩になりそうだったんです。しないほうが、おだやかな旅行ができました。あとになってからは、ああ、やっぱり金子も、私と同じようなことを考えて、旅行してたんだなあと思ったんです、金子が書いたものを読んで。

——実際、『鮫』や『マレー蘭印紀行』なんかにあらわれてくる考え方というのは、はっきりそうですものね。

森　ええ。やっぱりあの当時の植民地を歩けば、土地の人たちの悲惨さを見ますからね、状態をね。そういう考え方になってくるんですね。

——金子さんとは直接話されなくても、金子さんがそういう関係の本を読んでいるとか、社会主義的なものの考え方への接近というのを、なんかで感じられたことはありますか。

森　金子はあんまり本なんか読みませんでしたし、新聞なんかも読みませんでしたしね。あとでそうではないかと思ったんですけど、金子はパリからの帰り、一人で先に帰ったでしょう。そのときシンガポールで、『シンガポール日報』の長尾さんのお宅に、しばらくご厄介になりまして、長尾さんがそういう思想の持ち主でして、もちろんそういう運動なんかしてらっしゃるんではないんですけども、そこのお宅にはそういう本がたくさんありましてね、思想的な本が。そこでずいぶん勉強したと思うんです。そこで考えがいろいろまとまったんではないだろうかという気がするんですけどね。

──長いこと詩から遠ざかっていて、詩を書くという気持になられてますね、たしかシンガポールで。そのころではなかったんですか。同時期ですね。行きのときには、例の『南方詩集』、そして帰りには『鮫』というぐあい。題材はどちらも南方ですけれど。

森　ええ。金子は本来、あまり早くパッとものごとをつかむという質《たち》ではないんですよ。そういうのあるでしょう。すぐわかっちゃって、早わかりがするっていうのと、ゆっくりわかるけれど、だけどしっかりつかむっていうの、金子はそのあとのほうなんですよ。なかなかとっつきが遅いんです。

〝放浪〟のあとさき（2）

――旅から帰られて四年、昭和十一年暮れでしたか、郁達夫《いくたつふ》が突然余丁町のお宅に訪ねてみえますね。あのとき『鮫』の題字を書いてもらう。たっぷりとしたすてきな筆でしたね。

森　そうなんですよ。あれはね、ちょうどあのころ、「輝く会」というのがありましてね。これは前から長谷川時雨さんがやってらっしゃった雑誌『女人芸術』が廃刊になりまして、そのあとつくられた会なんですけれど、女の人ばかりの集りでした。それで、その年の暮の忘年会に女流劇作家の岡田禎子さんの劇を上演しようということになり、私の家でその劇の稽古をしていたんです。私とアナーキストの望月百合子さんと詩人の英美子さん、それに私の息子の乾とがその劇に出ることになっていました。その稽古の最中に、突然郁達夫さんが入ってらっしゃったというわけなんです。

そのときはちょうど金子が二階にいまして、私が郁さんに友だちを紹介してる間に、金子はうちの女中さん相手にいろいろごちそうの用意をしたり、近くのシナ料理屋で、チャーシュー、それに老酒を買ってきたりなんかしたんです。そしていままで稽古していた部屋を片づけて、テーブルを囲んだわけなんですが、そのときに「鮫」の字を書いてもらったんです。

――その翌年に詩集『鮫』が出るわけですから、タイミングがよかったわけですね。

森　そうなんですね。「鮫」の一篇は帰りのシンガポールやそのあたりでいろいろな紙きれにメモしていたものを帰ってきてからまとめたんですね。あのころ、余丁町に移る前は新宿にいまして、私はヨーロッパから一足先に帰って新宿アパートというところを見つけ、乾といっしょに住んだのですが、あとから帰ってきた金子は、そのアパート一室では狭くて住めないといって、向い側のちょっと離れたところに部屋借りしたんです。いま私の使ってるこのベッドはその新宿アパート以来のものですけど、そのアパートへ金子は三度の食事をしにきたんです。金子のいたところが竹田屋です。そのころでしたよ、国木田虎雄さんが、書きあげてあった「鮫」を中野重治さんにお見せになったのは。それが昭和十年九月号の雑誌『文芸』に出たんです。あのころは脂が乗ってたんですよ。

――そうでしょうね。帰られて二、三年のころですね。

森　そうです、そうです。「鮫」が発表されたあと、畑中繁雄さんがいらっしゃってくださってね、余丁町の家へ。

――そのあいだに引越しがあったんですね。

森　ええ、そうですね。

――金子さんが「鮫」をまとめられてる間、つまりヨーロッパから帰られた直後は経済的には大変だった時期なのでしょうね。

森　ええ、でも何だか夢中だったように思います。それに余丁町に移った前後から運のいいことに、「モンココ」がはじまったんです。昭和十年くらいからだったと思いますよ。

――「モンココ」では森さんもいろいろ仕事をされたのですか。

森　私も金子も、二人ともでした。金子は函の絵や新聞広告に入れる絵。それから私は『主婦之友』そのほかの婦人雑誌が二、三ありましてね、そういう雑誌に二ページ見開きぐらいでしたけど、化粧品のモンココ洗粉の宣伝の記事を書くんです。そのページの体裁までつくるんです。

それで金子は、月給もらって社員になって、私は原稿料だけもらったんです。そういうふうに両方でやってたんですが、私にも社員にならないかって、金子の妹の捨子さんが「モンココ」を主にやってましたから勧められたんですけど、私は小説が書きたくって。社員になると一日縛られるでしょう。社員になれば、月給がもらえてよかったんですけど、早く小説を書いて、そちらで原稿料がとれるようになりたいと思ってたんです。それで頑張って、「モンココ」では社員にならずじまい。

――そのころ金子さんはまた『少女倶楽部』などに子供向けのものを書いていられたわけですね。

森　主に講談社でしょう。講談社へはよく行ってましたもの、書き直させられたりなんかして。それでも余丁町に移ってホッとしたんですよ、そんな感じははじめてでした。やっぱり「モンココ」で、はじめて月給というものをとるようになったからでしょうね。

――そうですか。やっぱり月給でね。

森　「モンココ」は戦争中はずっとつづいてたんですけど、つぶれましてね。戦後しばらくはあったんですけど、それがつぶれてからはまた月給がなくなって、あなたのご存じのころ、金子はずっと困ってたと思います。

――「モンココ」は昭和二十二年につぶれるんですね。「モンココ」のあと「ジュジュ」がありましたけど。

森　でも「ジュジュ」はやっぱり親類会社ではないですから、社員になれなかった。顧問でしたから、大したことないんです。

――そういえば、戦争のはじまる前後でしょうか。一方では金子さんの非常に親しい友だちの佐藤惣之助とか、西条八十とか、ずいぶん歌謡曲を書いているでしょう。

森　ええ。あれは戦争中ですね。戦争のはじまりのころ。ことに佐藤惣之助さんは、軍歌なんか多いですね。西条さんはそうでもないでしょう。あの方はやっぱり歌謡曲だけど、ちょっと違ったほうですね。

――そういうなかで、その人たちは大へん羽振りがよくなるわけでしょう。そういうようなのを、そばで金子さん見てて、一つ自分も書いてみようかってことはなかったんでしょうか。

森　もし関心があるとすれば、サトウ・ハチローさんですよ。もっと近しくて、そしてもっとああいう歌謡曲ですか、それを売り出してましたからね。だけどいっこうそれについては、関心なかったんです。やっぱり詩というものに対して、厳格だったんです。

——話はまたちょっととびますが、昭和十九年も押しつまって山中湖へ疎開されますね。

森　ええ、もうずいぶん寒くなってから。

——その時期、金子さんは何かまとまって本を読むとかってことされていますか。ひたすら書くほうでしたか。

森　読んでもいたし、書いてもいましたよ。ということは、ほかにすることないんですもの。外へは寒くて出られない。厳寒になると、東京の寒さどころではないんですもの。こたつにあたって、部屋のなかにこもってるか、寝るといっても、そう寝てもいられないし、その当時のことですから、アンカっていうわけにもいかないし、囲炉裏の上にやぐらを置いたこたつがあるんですよ。それを家内中で、蒲団を上へ置いて囲んで、その上でごはんも食べれば、みんなで勝手に、読んだり書いたりするんです。それよりほかに方法がない。家族は私たち三人と、連れていった女中さんとの四人暮らしでした。

その別荘というのは、小さなあばら屋みたいでしたけど、三間ありましてね。女中部屋もあったんです。茶の間に相当するところに、囲炉裏の置きごたつがあって、そしてその奥に六畳の座敷がありました。その六畳が金子と私と乾との寝室になって、囲炉裏の部屋が、食堂兼勉強なんかするところ、それから女中部屋が別にあって。

——いまはその家は、なくなっていますね。もう一つ、河野密さんがいられたというほうは、そのまま残ってるんですよ。

森　そうなんですってね。いまでも別荘として使ってるんでしょうか。

——いや、もう使ってないそうです、その家は。

森　もうボロボロでしょう。

——ええ、平野屋の建物自体が、もうボロボロですしね、昔のままで。で、金子さんはそこでどんな本を読まれてたんでしょう。

森　フランスの、詩集を読んでました。それから一生懸命で書いてましたよ、詩を。それは戦後に出たものにはいってるものもあると思います。

——『落下傘』のあとのほうとか、『蛾』や『鬼の児の唄』ですね。やっぱり本も読まれたんでしょうけれども、書くことにずいぶん時間をとられたんでしょうね。

森　ええ。そして少しあったかくなってからは、もう一年冬ごもり、疎開を続けなくてはならないかもしれないと思いましたから、今度は開墾です。大家さんのおばあさんが女主人で、小さな土地を貸してくれましてね、荒地を。

──平野屋の前のほうですね。

森　そうです。鍬を借りて、イバラの根っ子を掘って、土地を耕して、つまり畑づくりです。食料品のトウモロコシやジャガイモがほしかったんです。だから毎日毎日、手にマメはできるわして額に汗して働いたんです。乾が私や金子の百姓仕事している漫画を描いたのが、いまでも残ってますけどね。

──そうですか。大根なども……。

森　そんなものできないんですよ、火山灰地ですからね。トウモロコシとかジャガイモなんかがせいぜいで。

──サツマイモは……。

森　サツマイモなんかできないですよ。ジャガイモ。そのジャガイモも、よその土地の三分の一ぐらいしかとれない。おいしかったですけどね。トウモロコシだって、よその土地だったら、一本の茎に、トウモロコシが三つや四つはなるでしょう。それが、一本の茎に一つしかならない。なり方が少ないの。そういうものの、なり方の悪いところなの。それでも使うよりしようがないでしょう、土地を。

──ないよりはね。

森　ないよりましです。だから春になり、ちょっとあったかくなると、忙しくなった。冬中は勉強しました、みんなで。その間、私自身は『巴里アポロ座』を書いて、『和泉式部』の構想を練ってたんです、暇にまかして。

——そのころは森さんも、まったくお元気だったわけでしょう。

森　ええ、もう。百姓仕事に精出していられたくらいですもの。

——その時期に無理されたんではないかと、よく金子さんが言ってられましたけど。

森　そうだと思います。その時代に無理したんです。肥えたごっていうものをかついだりしましてね。みんなでそういうことまでやって、二冬いたんです。すごく寒いところでした。

——私の行ったのは三月初めころだったと思いますけど、朝起きたら、部屋の中の呑みさしのお茶が凍ってましたものね。

徴兵断わりのこと

——今日は乾さんにきた召集令状をもって、森さんが集合場所の東京駅の近くへ断わりにいかれたあたりのこと、お話しいただけませんか。

森　それは最初のときですね。二度目は平野村に疎開してからのことで、そのときは私はいかなかったんです。

——最初は、昭和十九年秋も終りのころでしたね。

森　そうです。だからまだ吉祥寺のこの家にいたときです。たいへん寒いときで、平野村へいく直前のころですね。

――そのころ乾さんはどうしてられました？　学校は？

森　もう学校へいっていなかったんです。家でぶらぶらしてました。そこへ召集令状がきたんです。何月何日何時にどこそこに集合しろと。それで金子と乾と私とで相談したんです。なんとかして、少しでも引き止めておく方法はないものかと。乾はもともと体力のあるほうではなく、戦争にいったら、もう弾丸にあたるまでもなく死ぬかもしれないと思いましてね。それにもうその当時は悲観的な戦況でしたから、そうしている間に戦争はおしまいになってしまうかもしれない。そうしたら、いかなくてもすむかもしれない。そんなわけで、息子は病気だからと断わりに私がその集合場所へ出かけましょうって、引き受けたんです。本人はとにかく喘息がちょいちょいでる体質で、ちょうど風邪をひいていたんです。風邪をひくといつもよく喘息が出たんです。金子もそうでした。そのときも乾は咳したり、少し熱の気もありました。だから、ことによるとこれでお医者さまは診断書を書いてくれるかもしれない。そういうことでお医者さまを呼びにいって、さっそく診断書を書いていただくことにしたんです。だけど金子は念が入っていますから、お医者さまを呼びにいく前に、おまえ、裸になって寒い外に立っていろなんていって。

――それはこの庭ですか。

森 ええ、この庭ですよ。集合日の前の晩でしたけどね。相談したのが前の日の夕方でしたからね。夕方に来たんですよ、明日の晩集合しろと。

――医者の診断書は翌日もらったんですか、その日の夜もらったわけですか。

森 その晩おそくにです。ですからお医者さんを呼びにいく前に念のために、また応接室で少し松葉をいぶして咽喉を痛めさせ、リュックサックに本を入れて担がせて、家の前の道を往復させたりして。それからお医者さまを呼びにいったんです。とにかくお医者さまに断わられたらそれはお手上げですからね。お馴染みのお医者さまですから、うっかりしてご迷惑をかけてもいけません。そのところは、やっぱりちゃんとしなくてはいけませんからね。そんなことで診察していただいたんですが、やっぱり喘息かというわけで、すぐ診断書を書いてくれました。実はこうこうで召集令状がきていまして、私がかわりに集合場所へいってまいりますという話もしました。その翌日の夕方出かけたんですが、霧のかかった暗い晩でした。

東京駅を降りましたら、その時刻にはもう退社の会社員なんていうのは、そのかいわい誰もいませんで、召集された息子たちと、それを見送りにきた父兄たち、それからその親類の人たちね。それに大学生でしょうか、野球の応援団みたいに見送りの掛け声かけて……。東京駅といいましても、八重洲口を出た正面に小学校がありました。公立小学校だと思います。そのころは国民学校といいましたね。

　真っ暗ななかを霧が流れているんです。霧の深い晩でして、そのなかに人がいっぱい。電燈なんかつきませんからね。いつ空襲があるかわかんないから、町のあかりなんかみんな消えている時代で、提燈、それから懐中電燈、それだけなんです。それが霧のなかをポーッと明るくしているんです。そのなかを大勢の人間がうようよしているんです、影絵みたいに。それをかき分けていったんですが、右だか左だか方角もわからなくなっちゃう。だからいってはみたものの、これはたいへんなところだと思いましてね。いろいろ苦労して方向を考えまして、やっとその国民学校へたどり着いたんです。そのあたりでいろいろ聞いてみて、はじめてわかったんですが、その国民学校の運動場が集合場所だったんですね。そこまではわかったんですが、いったい誰に会っていいかわからない。見ると、外からうっすら、ボーッとしたあかりの見えている部屋があるんですよ、ローソクみたいなあかりがね。それを外からトントンと叩いたら、なかから窓をあけて顔を出した人がいるんです。小使いさんなんです。こういうわけで責任者の人に会いたいんですけどといいましたら、それだったら運動場のどこかにいるからちょっと待ってらっしゃいといって、探してきてくれたんです。それでその責任者という人に聞いてみましたら、やっぱり軍に動員されてそんな仕事をやっている人だったのでしょう。

――在郷軍人みたいな……。

森　そういう人なんでしょうね。その人に、持っていった書類、診断書だとか召集令状だとか見せましてわけを話しましたら、了解だけはしてくれました。病気なら仕方がありませんねと。

そうしているうちに、運動場は集まってくる若者たちでいっぱいなんですよ。そのなかには、気の毒な、学生みたいな子供もいるの。まだ丁年に達しないような。そういう人も集めたんですね。少しびっこをひいていながら、それでもきている人がいるんです。そうかと思うと、両親がいないんだか、きていないんだかわかりませんけれども、いかにも貧しそうなよぼよぼのおばあさんに連れられて、そのおばあさんに、持っていくものを、おまえ、寒いからこれを持ってお行きなんていって渡されて。そうすると、その若者は、おばあちゃん、もうぼく、金いらねえから、この金はおばあちゃんにやるよなんていって、お金を渡したりしているの。そういうのを見ているうちにこっちが感激しちゃって、こんな人たちまでがいくのにうちの息子を出さないなんて、私たちはこれでいいのかしらと思って、すまないような気持になってきちゃったりしまして、涙がポロポロこぼれて、私もその場でオイオイと泣いちゃったんですよ。そしたら引率していく人が私を気の毒がりまして、あなた、息子さんがそういう病気で出られないのを嘆いていらっしゃるんでしょうけれども、またよくなればこの次の召集がありますから、そのときは出てらっしゃい、これからはみんな九州へ行きます、そんなことまで話してくれました。ほんとうはそんなことをいってはいけないんでしょう。

――それは軍の機密でしょうからね。

森　機密なんでしょうけど、すっかりうち解けてしまって。私が状況にすっかり感激しちゃったから、相手の人はそれが私の演技に見えたんでしょうか。私は演技だとも思わなかったんだけど。

――相手はほんとうにそうだと思ったんではないでしょうか。

森　そうなんでしょうが、結果において演技になっちゃって……。それで九州から中国へいくということまで話してくれましたよ。これはたいへんなことを聞いちゃったとそのときは思いましたけれども。

――あのころ九州から中国へいくとなると、もう危ないころでしょう。

森　そうです。まず死ぬということは決まっているようなものです。だから、これは人にはいえないなと思って帰りましたけれども。そんなことで私はホッとしました。

――たいへんでしたね……。そのあとしばらくして、平野村への疎開ということになりますね。そこで年を越されますが、もう一度召集令状がくるわけですね。それは、いつくるかはわからないけれども、予測はされていることですね。

森　戦争がつづいているかぎりは、やっぱり若い者だからくるだろうとは思っていました。

――それが三月。

森　ええ。そのときは金子がいきました、乾をつれて。

――どこへいかれたんですか。

森　そのときは乾をつれて東京へいき、乾を吉祥寺へ置いといて、金子が召集令状をもって区役所へいくはずだったんです。

――区役所へですか。そのときもやっぱりどこかへ集合しろというのでしょう。

森　そうではなかったですね。あのときはもう焼けてましたもの、どこもかしこも。

――東京大空襲のあとですね。

森　空襲のあとです。

――そうすると、三月も半ばをすぎてからのことですね。そのときもやっぱり喘息の診断書をそえて……。

森　あれは、平野村のお医者さまにお願いして。そのときも寒いところに立たせるとか、同じ手をつかったんです。その診断書をもっていったとき、なんだか大胆なことをやったっていう話ですわ。乾はそのときもう大丈夫だと思って、牛込の区役所のすぐ前のあたりに竹中という古本屋がありまして、そこで待っていたそうです、金子がいろんな書類を届けて出てくるのを。

――書類を届けるだけでよかったわけですか。意外に簡単だったんですね。

森　それっきりです。そのころはもうちりぢりだったらしいですね、人間が。空襲のあと、あっちこっちへ散らばっちゃったり、疎開していたりして……。元のところへ召集令状がきても、もう誰も受け取る人もいなかったりして……。それを受け取って、出かけた人は、東京ではきっと律義な人ということになったんでしょうね、きっと。

両親のことなど

——とりとめもなくお話を伺ってきて、どうやら最終の十五回目になってしまいました。今回は金子さんのご両親についておきかせください。まず大鹿の実のご両親については森さんはどういう方々だと思われてますか。

森　二人ともとってもいい人たちでした。お父さんは、はげちゃびんで、ちょっととぼけてみせたりするところが金子に似てました。人をばかにしたようなね。母親のほうはかわいらしいおばあちゃんで、私をかわいがってくれまして、私のことをミーちゃんミーちゃんっていいましてね。

——おつき合いのいちばん多かった時期はいつごろでしたか。

森　ヨーロッパから帰ってきたころ。帰ってきてすぐに住む場所が見つからなくってね。そのころ大鹿卓さんが両親といっしょに住んでまして、品川のほうの女学校の先生してたんですが、私の住まいを新宿アパートに見つけてくれたんです。そのとき金子の母が、とっても親切にしてくれました。その後もいろいろつきあいがあったんですが、それよりずっと前のことで印象にのこっているのは、はじめて会ったときのことで、乾が生まれたときなんです。青山の赤十字病院に入院したんですけど、金子の実家が青山にあったものですからそこにひとまず私がつれていかれて、そこから入院したんです。そのときはじめて両親に会ったんです。母親のほうが病院食ではおっぱい飲ませるのに足りなくはないかといって、なにか栄養になるものをもってきてくれたりして。はじめての孫だから見たくもあったんでしょうけれども、ちょいちょい訪ねてくれました。なにしろ大鹿の両親にとっても、乾ははじめての孫ですものね。

——そのおつき合いはどのあたりまでつづくわけですか。

森　それは亡くなるまでです。昭和十三年にわたしたちが吉祥寺に越してきたときは亡くなってました。余丁町時代の間に亡くなったんですね。私はおばあちゃんの死に立ち会っているんですが、そのとき、おばあちゃんは、ミーちゃん、私の手をしっかり握っておくれなんていいまして。父もその後まもなく亡くなりました。

——ご両親に対して金子さんはどのようでしたか。

森　だめ。冷やかでしたね。だって、赤ちゃんのときから手放されたんですもの、自分だけが。両親のことなんかをときどき話すときにそのことをチラリチラリといってました。さびしそうにして。

――金子さんご自身は、養父の金子荘太郎さんにはたいへん親近感をもってられたように書かれていますね。

森　そうですね。荘太郎さんは趣味などが金子と同じでしたから。

――森さんは荘太郎の奥さんの須美さんへはどんな感じを……。

森　お須美さんはよく知ってます。余丁町時代も吉祥寺へ来てからも、いっしょに住んだ時代がありました。私たちがヨーロッパにいる間にしばらく行方不明になっていましてね、ヨーロッパから帰ってきてから、いったいお須美さんはどこにいるんだろうって、心配しながら噂してたんです。あるとき金子の従妹が知らしてくれて、おばちゃんがこれこれというところにいるんだけど、もう年とってきて、兄さん（金子のこと）のところへ来たがっているんだけどって。その従妹は銀座の喫茶店でレジをやってまして、金子がヨーロッパから帰って久しぶりにぱったり会ったんですよ。金子はちょっと困ったんですね、その当時は一軒おいて隣がモンココの会社で、そこに大鹿一家がみんないたんですが、金子は大鹿がどうかなって気にしてるんです。いまさらお須美さんがくるからといって、いままで財産蕩尽して勝手放題に行方をくらましていて、それじゃあんまり勝手すぎやしないかというわけらしいんですよ。で、私はね、だけどそんなことといいじゃないの、もういまは年月過ぎて、こだわってることないじゃないのといったんです。

それではというので、銀座の喫茶店の従妹のところへいって伝えてもらったんです。こちらの意向をね、来たかったら来てもいいでしょうとね。そうしたら、あっと思ううちに大荷物を荷車に積んで来ちゃったんです。ところが迷惑しましたよ、その翌日山伏あがりの占い師を連れてきたりして。

――どういうわけで。

森 私の小説は当時売れてたんですが、金子の詩はあんまり売れないので占い師に占ってもらうといいって。近くのモンココのすぐむこうに神社があって、そこに小高い山があるんですが、その山の木に赤い糸を三十回巻いてこいという、そういう卦が出ているというんです。

――金子さんの詩が売れるためにですね。それから……。

森 私やりましたよ。だってそうしないと、同居するようになって、すぐでしょう。おばあちゃんに逆わないほうがいいと思って。ですけど、私も金子もそんなこと大嫌いなんですよ。占い師は占う前に焼酎を買ってこいの、塩もってこいのって……。

――そのお母さんには、金子さんは、よかったですか。

森 よくなかったですけど、いうなりにやってましたね。その後このおばあちゃんは富永家へお嫁にいって、また戻って、戦争中に亡くなったんです。今度、金子のお墓が八王子にできて、おばあちゃんのお骨もここに収まりました。荘太郎さんのしるしもいっしょで、時がたって、まあ円く納まったということでしょうか。

——最後にひとつ、金子さんは女性にもてる人でしたか。

森　若いころはあまりもてなかったんじゃないかと思うんです。というのは、我意が強い人でしたからね。

——若いころ、我意が強かったということは。

森　わがままがすぎたのだと思うんです。相手の気持なんかちっとも考えず、なんでも自分のいいたいこと、したいことを押しとおすというたちだった。だけど、やっぱり金子は女好きの人だったと思います。恋人もほしかったんだと思います。ほしいんだけれども、わがままのために。でも根はやさしいんです。心はやさしいから、はじめのうちはいいんだけれども、つき合ってるうちについていけなくなって、それで離れていくんだろうと思うのです。若いときにはどんな人だって、一生の恋人というものがほしい。それがないってことは、やっぱりさびしいことですね。だからつい移り変って次の恋人をさがすと、またその人とも別れなくちゃならなくなる。そんなふうにしているうちに、なんか多情な人のように思われたりして、結局はもてないということになるんじゃないでしょうか。

——森さんと結婚される前には……。

森　私と結婚するころは、金子は三十歳に近くて、理解力のある年齢になってましたから。やさしい人で、がまん強くなってたと思います。それに私自身がずいぶんわがままだし、自分を押しとおすほうなんですけど、理解してくれました。

——そんな意味では、金子さんが自分の一生の恋人がほしいという形として結局、森さんを見つけたということで、ずっと筋が通ってきた……。

森　そう言われたら、いちばんうれしいんですけどね。私も金子の詩というものをいちばん大切に思ってましたし、それで自分もいっしょになって勉強していきたかったし、いっしょに勉強していくという意味でも、金子とは一生暮らしていきたいと思ってました。

——戦後になって、金子さんに女性問題がおこりますけれども。

森　やっぱりショックでした。金子が寛大な人だったもんですから、私自身もずいぶん申しわけないいろんな異性問題を引き起こしていますけれども、自分自身がそういう目にあってみると、やっぱりショックがひどかった。なんとかして金子を取り戻したいと思って、一生懸命になった。ずいぶん一生懸命になったんですけれど、結局は大人げないと思いましてね。相手の女の人の気持も尊重して、そして私自身も、ということは、私そのとき病気になっていたもんですから、私自身も身の立つように考えて、なんとか結末つけなくちゃいけないと思って努力しました。

——一時期は、別れることになるかもしれないという気持も。

森　とってもその点は迷いまして、別れたほうが金子のためには幸せなんじゃないかしらと思ったこともありました。そのときは、ほんとうにそう思いながら、それができなくって口惜しかったということは、やっぱり自分が病気だったことです。それなら自分がそのとき病気でなかったら、はいさよならといって、すっぱりそれで別れられたかと思って冷静になって考えてみますと、私は断じて失いたくなかった。金子もそういう私の気持はよくわかっていてくれましてね。死ぬまで私のところにいてくれましたもの。死ぬときは私の寝ているこの部屋の、その寝床で死んじゃったんです。

だからもてたか、もてなかったかということになりますと、金子がほんとうにもてたのは、私にもてたということになるんじゃないですか、どうでしょう。金子にとっては迷惑かしら（笑）。

晩年には息子も結婚して、孫も二人できて、孫たちをかわいがりまして、とっても孫好きでしてね。それにたくさんの方々が、いまも金子先生、金子先生といって慕ってくださるんですから、金子光晴としては、なにも言うことはないんじゃないかと思いますが、どうでしょうか。

（『金子光晴全集』月報一〜一五　中央公論社　一九七五年一〇月〜七七年一月）

Ⅲ　金子光晴と私

『マレー蘭印紀行』『詩人』『新雑事秘辛』

松本 亮

『マレー蘭印紀行』は金子光晴の散文の粋であろう。昭和三年から昭和七年にわたる足掛け五年の異国放浪の途次にあたるシンガポール、マレー半島、ジャワ、スマトラなどを素材とした紀行文だが、そこに見た著者の眼の確かさが驚くべき清新の情感に支えられて、いまなおお読む者のこころにみずみずしく迫る。諸所見聞のおびただしいメモをもとに、さほどの時期をおかず、この旅の途中、明日しれぬマレーの宿、インド洋の船上で、また所在ないパリの宿で重要な部分は書きあげられていったのである。炎天下に裸体で汗する労働者のあるかなしかの明日の生活に自分自身の明日を思い、娘子軍《じょうしぐん》のなれのはてに心をよせ、さらには植民地支配者の傲慢に触れながらも、その文章は的確に、やさしく美しい。ここに、『鮫』もしくは『女たちへのエレジー』の背景、またひたすらに心弱く揺曳する永遠の金子光晴がくっきり見える。

「そうだ。僕はまだ、バトパハにいるのだった。おそらく、僕の友達が二百人いるとしても、これから先もそのうち一百九十八人は知らないで終るにちがいない、そのバトパハにいるのだった」（『西ひがし』より）と書いたマレー半島の小都市バトゥパハ、そしてバトゥパハ川の上流センブロン川にかんする記述はことにさえざえとして、いかにこの著者がこの地域に愛惜の思いを生涯抱きつづけていたか、痛くこころに沁みるようだ。いまバトゥパハは、ジョホール水道をこえた地点から車でほぼ二時間である。今日なおその道路の両側は見わたすかぎりのゴム園ないしは巨大な椰子の林立で、人家はむしろ無きにひとしい。車はひたすらにバトゥパハに向うしかないかにみえる。そこはコーヒーとパンの滅法うまいところだ。著者のたむろした日本人クラブはいま体育センターとして撞球台、卓球台一台ずつが置かれ、その奥にはペンキを塗りかえられただけの泊り部屋二つがある。この窓からはバトゥパハ川が眼下によれよれな渡船場をのこして、なおたっぷり流れている。おそらくは困難な旅の唯一の避難所として、著者はこのバトゥパハをこよなく愛したのである。

この『マレー蘭印紀行』について必ずいわねばならぬことのひとつは、その大部分は、著者が他からの依頼をうけずにみずから書きつづった唯一の散文集だということである。

『詩人』は昭和三十一年十月から詩誌『ユリイカ』の依頼により、以後九回にわたって書きすすめられた自伝である。連載終了直後に単行本として平凡社から上梓されたが、のち、昭和四十六年四月、全日本ブッククラブ版第一刷として刊行されるにあたり、「誤りやその後の考え方の変化など考慮して」（著者「あとがき」より）大幅な改訂が施され、「金子光晴自伝」の副題が付された。ここに収録されたものは、全日本ブッククラブ版をはなれ、第二版第一刷として昭和四十八年十二月五日刊行の日付をもつ『詩人金子光晴自伝』によるものである。

著者のいう「誤りやその後の考え方の変化」によるこの両著『詩人』と『詩人　金子光晴自伝』の改訂の度合いは激しい。両著を比較することにより一冊の金子光晴論が書けるとさえいわれる。本書はまたその後、昭和五十年十一月旺文社から文庫として上梓されているが、これは初版の『詩人』によったものである。ともあれ本書を嚆矢として、著者は多くの雑誌からの求めにより、おびただしい自伝また交友録のたぐいを書きすすめることになる。

『新雑事秘辛』は、松本亮を相手に、昭和四十一年から昭和四十六年まで足掛け六年の歳月のあいだに語った十四話をあつめている。多くは詩誌『あいなめ』に掲載されたものので、聞き手の質問に応じ語ったものなのだが、だいたいがこの著者の話しっぷりはひとところに話題の集中することを好まず、つねに飛び散らうことが特色だった。それはそれで、まこと興味津々たるところがあるのだが、時としてうまく話をひき戻すことをしなければ、少くとも活字におきかえて人に読んでもらえるものとならないのである。それはカセットテープから一応のすじ道をたてて文字におこし、著者にみせると、それらの文字にはおびただしい朱の入ることがつねだった。とりあえず『あいなめ』に収載したものが、さらに『新雑事秘辛』として単行本化されるとき、それらの文字はさらに激しく朱が入って、ほとんど話し言葉による書きおろしの観を呈したのである。どうやら著者はカセットテープなどに採りこまれた自身のお喋りのたぐいは、まるで信用していなかったと思われる。

いま本書を読みかえしてあらためて感じさせられることは、いかにこの著者が詩にまつわる話題を愛していたかということである。巷間この著者は詩の話などには興味なく、女またエロばなしが何よりだと伝えられもし、本人もそううそぶき、行動したりもしたが、詩にかんする話題のエロばなしなどをも包含して透明に訴えかける重みと豊饒さは、稀有のものだったと回想される。本書からその片鱗はよみとることができるだろう。一人の人間が含羞により最高に口を閉ざしたがるものを〝恥部〟の名で呼ぶとすれば、金子光晴の恥部は真底愛し、それゆえにこそまたさいなまれつづけることになった詩そのものだったと思われる。

（『金子光晴全集　第六巻』後書　一九七六年三月）

『どくろ杯』『ねむれ巴里』『西ひがし』

秋山　清

この巻におさめた『どくろ杯』『ねむれ巴里』『西ひがし』の三篇は、連続する三つの小説と読んでもいいし、またこれを金子光晴の自伝的旅行記と読むこともまちがってはいまい。しかし彼には別に『詩人』（第六巻所収）という自叙伝があるということも考慮に入れて、そのある部分、有名な彼の二度目のヨーロッパへの往復と滞在のくわしい回想と読むのが、無難ということになるだろう。

大ざっぱにいえば、『どくろ杯』は往路、『ねむれ巴里』は滞在の記、『西ひがし』は帰路ということになろうが、そのどこをとってみても、行き当たりばったりで明日に見通しのつかないような生活の話ばかりである。その向う見ずな面白さ、無鉄砲さというものは、一方にはこれしかやってゆく方法がなかったという、ある必然のものでもあっただけに、必ずしも遊びとはいえず、後にひけない真剣さに裏打ちされていて、そのなかで、徐々たる、しかし必然な世界の動静を見るその目が据わっていて、そこに独特な文明批評が生まれている、というのが動かし難い読後感となる。

これは詩集『鮫』や『女たちのエレジー』等の詩篇から戦争期の『落下傘』の作品などが生まれるに至った状況と、それにたいする金子光晴の姿勢、一日本人としてのたぐいすくない感慨であったのである。

森三千代と昭和三年十二月に上海へ、翌四年五月香港に到着、それから長い旅となって、フランスへついた時も二人は別々、帰る時もまた別々、という大へんな旅行で、この間生活の安住ということはなかった模様である。あの世知がらいフランスのパリを中心に、よくもよくもと思わせるが、その忌憚ない記述が、ここに収められた三篇なのである。

帰路金子がシンガポールまで来たのは昭和六年十一月、満洲事変がやがて上海へ飛火したか、せぬかというううるさい時期であった。

パリでの金子が食うためには男メカケ以外のことは何でもやったなどと今もうわさする人がある程だから、そのことの一通りでなさは、まずそれは想像をこえるかもしれないが、ともかく昭和三年から七年までの足かけ四年でシンガポールまで来て、この間に後から出発した森三千代が先に日本にかえり、しきりと彼はマレー半島海岸を中心に旅行して、彼が後年語ったように、うまくもない絵を描いて展覧会を開く、といった生活をつづけていたらしいが、その年の六月にようやく日本に帰り、神戸に上陸した。

フランスあたりでの生活もそうだったのだが、確たる目途もない南方地域をへめぐっての流浪的な生活は、それは彼の後半生の活動から帰納すれば疑うべくもない結論として認められるような、ある豊富な人間経験を彼に与えたようである。帰国して神戸に上陸したときは三十八歳、彼のもっとも稔りある仕事はこれ以後であったといって過言でなく、八十歳に至るまでの精力的な活動もここに発している。

ヨーロッパでも南方地域においてのことでも、読んでいて、あっこれだ、とつよく感動させられたことがある。ここに集めた三つの小説的な回顧から私が受けとる最大のものは、外国及び外国人とわれわれとの異質の深さを感じさせられること、そしてそれに対してその異質さをそのままの親しみを覚えさせられる、ということであり、ここに詩人金子光晴がいる、といった感動に似た思いであった。隠しようもない彼のヒューマニズムいっぱいの無頼性、とでもいうしかないようなヴァガボンド魂と、インタナショナリズムなどとは質の異るコスモポリタンな精神の自由さである。たしかにここに描かれている大旅行記ともいうべき「小説」は東洋人、日本人のものでありながら、これは世界の人種がざわついているパリやシンガポールみたいな土地においてこそ、生まれるにふさわしいことであろうことを痛感する。

その中の金子光晴は、ひどく野人にも見える。がむしゃらにさえ見える。江戸趣味の東京っ子が、花のパリの生活を経て、南方暑熱の植民地風景の中に埋没して、それがふさわしいとは、これがなるほど、あの詩人金子というものの一つの正体であろう。

かねて彼の言動や詩作品などからそういったものを感じていたとしても、これほど強烈に感じたことは近頃なかった。最晩年に近づいて衰えを知らなかった筆力の賜ということもあるかもしれない。詩人の書いた小説というものは、総じて文章の部分的な彫りが深くてかえって読みづらく、ために語られ描かれている目的そのものがとらえ難く、小説として成功し難いというのが一般論となっているが、金子のこの三篇にもそのような傾きがないとはいい難いとしても、この三篇を通読してみると、そのような不安は越えられている。筆力ということにもよるだろうが、その大きな理由を、私はこう考えたい。

日本に生まれ、中国を学び知り、ヨーロッパに造詣し、さらに南方諸地域の、植民地の現地住民と華僑の中に分け入って、植民地主義のナショナリズムと反ナショナリズムを以ってしても動かし難い「生きる」者の根強さとかなしみとあきらめを身を以って知ったところから、その後の世界の動きにたいして、日本人をこえた、外から日本と日本人を見る目が出来た、金子の仕事はだから、天皇制やマルクスやアメリカニズムの枠から外れざるを得なかったのである。

しかも彼は日本人金子光晴でしかなかった。そのなりゆき、その心情、つまりそのような稀な視点を己に備えてゆく足どりの大切なものとして、ここに集められた三篇はそのことを物語っている。昭和九年に発表して彼をわが文壇にカムバックさせた長篇詩

「鮫」以後の仕事の由来を、この回想の物語りは明らかにするものである。

（『金子光晴全集　第七巻』後書　一九七五年一一月）

光晴夫妻と巴里での出逢い

永瀬義郎

光晴君の死は、其の日の夕刊紙で知ったのであるが、全く青天の霹靂であった。と言うわけは、丁度六月十三日から一週間、新宿小田急百貨店で、「永瀬義郎のすべて展」を開催して、新旧作品三百三十点を展示したが、其の時、金子君に水上勉、松永伍一、野口弥太郎、土岐善麿、木内克、金丸重嶺、岡田譲と共に企画委員になって貰った。送り迎えは僕の車でやったとは謂え、色々な打ち合せに、いやな顔もせず会場に出て来て呉れた。処が、展覧会も無事にすみ、やれやれと思っている時に、この展覧会が終ってから十二日過ぎた六月三十日午前十時三十分、金子はこの世を去った。どうも僕が酷使し過ぎたのではないかと、とがめられたが、兎に角一応家内を金子家へ行かせた。僕は曽て親友の宇野浩二の葬式で、其の納棺の時、突然貧血を起して、倒れかかった。かたわらに広津和郎がいて、かかえて呉れたので助かったが、倒れる時打ち処が悪かったらあの世行きである。それ以後僕はお通夜にも葬式にも出ないことにしている。金子君の時もそうしたが、其の代り、自宅に居て故人の思い出にふけった。

金子夫妻との巴里での出逢いにまつわるエピソードを書いてみると、その時分の人達が皆死んでしまって、生き残っているのは、僕一人のようである。金子君は僕の巴里の生活が非常に豪華で、金子夫妻は尾羽打ち枯らして、人前にも出られない様に言っているが、どうしてどうして、金子夫妻は、貧乏貴族と言うことばの通りで、僕なども其の範疇に這入るらしいが、金こそ無いが堂々と胸を張って歩いたのである。これを僕は、金子君が毛並のいい家系に生れた事と、森三千代と言う不思議な美女が傍にいた為だと思う。巴里で僕等と遊んでいた時分は、詩作は完全にストップしていたが、帰国してからの、あの膨大な作品群のモチーフは、巴里で金子君の自称する苦難な生活の中で生れたものと思う。こう言う時に、三千代夫人が、金子君にベタベタの良妻では、金子君のノスタルジーと孤独の詩情は生れないだろう。

金子君は、僕のことを書く限り、絵の事はわからないが……と前置きをするが、僕から見れば、金子君は立派なポルノのイラストレーターであった。江戸末期の浮世絵に心酔していた位だから、北斎の妹が描いた春画などに興味を持った事は、推して知るべしである。我々絵かきが巴里へ行った時期（一九二九年）には旅客機は無かったし、船で四十日もかかって、マルセーユに着くわけだが、それでも我々は、「港々に女あり」なぞと嬉んでいたが、金子君には、「港々にヌード絵のファン」が待っていた。全くことほど程さように、金子君の浮世絵風の裸女線描は、上手なものであった。金子夫妻が上海を振り出しに、無一物で巴里迄たどり着けたのは、この隠し芸のお陰だと言っても過言ではなかろう。僕なども其のファンの一人で、金子夫妻がクラマールの僕のアトリエに訪ねて来られる前から、春画の名人が巴里に現われた、と言ううわさが流れて、僕など、人を介してやっと一枚入手出来たが、友人に見せたら、其の出来栄えに感嘆して、二、三日貸せと言って持って帰って、それっきりになってしまった。どうもああ言うものは門外不出にして置かないと駄目らしい。巴里で逢った時、もし金子君から、この珍品の話が出たら、僕のことだから、僕の専門の木版に起して、昭和の浮世絵にしてしまったかもしれない。処が、不思議な事に、其の後ちょいちょい金子君に逢うのだが、事この「あぶな絵」に関する限り、どちらからも話題に出さなかった。何もタブーにする必要もないのに変な事である。其の後ふと、これは、ひょっとすると、三千代さんにかかわりがあるんでは無いかな、と思った事がある。だいたい「あぶな絵」と言うものは、其の構図が奇抜な程面白い。処が、其の構図の発想が、金子夫妻の共有するダブルベッドにも有るらしい、と言うのは、僕や金子夫妻が住んでいたクラマールと言う所は、巴里郊外の田舎村で、夜分の交通機関も早目に終ってしまう。従って来客があって話に夢中になると、もう電車がないから泊ってゆけと言うことになる。金子君とこは、其れが毎日続くので、我々若い者の好奇心の的になり、どう言う寝方をするのだろう？　と卑猥な勘繰りをする男も出て来た。つまり、金子君とこには日本の家庭のように、客用の夜具布団が有る訳がない。するとこれは主客合わせて三人が、仲良く同じベッドに寝なければならない、それはそれでいいが、問題は三千代女史が何処に寝るか？　と言う事である。処が不幸な事に三千代女史はベッドの中央にデンと寝て、左右に男二人が眠ると言う事を、泊った当の男がべらべら喋って歩いたことから、我々はジェラシーもあって、この男をリンチにかけようとした位である。

然し、そうした吉原すずめの、ガヤガヤさわぎも、何のスキャンダルも起さずに、金子夫妻は仲良く日本へ帰り、そしていつの間にか、詩壇の売れっ子になってしまった。それで、金子君の方でも、僕の方でも、其の内呼び出して、飯でも一緒に食うか、と両方で同じ事を思っていたらしいが、お互に巴里の思い出ばなしなんかしたって始まらない、と言う訳か、金子君が名を成してから二十年も逢わずにいた。

芸術を理解すると言うことは、その作品の中から自分を発見する事だと思っている僕は、金子君が僕の事を、巴里の若い娘《こ》が、ことごとくベタ惚れで、正に日本のビュームッシュー（ロマンスグレー）の魅力此処に有りと言わんばかりだが、これは、金子君自身の事を言っているにちがいない。金子夫妻の巴里生活は、まる二ヶ月位の短期間であったから、若い巴里っ娘《こ》に騒がれるのには、まだキャリアが足りないのと、フランス語が流暢に喋れない為であったろう。その代り僕の生活の中での女出入りに関して、変な噂が飛んだりすると、それを丁寧に訂正して呉れた。例えば、金子夫妻が僕と同じクラマールに住み、間借りをしていた二階から、毎週木曜日に立つ市を見ていると、クラマールの主婦連が籠を片手にさげて、一週間分の食糧を買う為に列をつくる。其処へ、いつも僕は二科の松本弘二君の細君と腕を組んで、買出しのつきあいをしていた。うるさい日本人が、その事でいろいろと蔭口をしていたが、金子君は、あれは、当の松本君が、そんな事が不得手な為に、永瀬君にやって貰っているんで、其れに何かと気を廻す連中の方が、心がいやしいと、やっつけて呉れた事があった。金子君は明治二十八年、僕が二十四年生れだから、四年の開きがあって、僕の方が兄貴分に当る訳だが、四つちがいのあいだがらなら、おれお前でつき合っていい筈なのに、金子君は、僕の事を君づけでは、いまだに呼んだ事がない。そんな折り目正しい人だから、例の「あぶな絵」の事でも、僕には話して呉れなかったのだろう。巴里でも、あんなに金に困っていた時だから「これ頼むよ」と、ぽんと僕のアトリエに放り込んで置いてもよかったのに、そんな話は、爪の垢程もしなかった。僕が聖人君子ならいざ知らず、猥談の大家として通っていた貧乏絵かきなのに、その猥談でさえ素通りしてしまっている。『面白半分』の九月臨時増刊号を読んで見ると、平野（威馬雄）さんが、金子君の二回目渡欧の頃の話をしているが、其の中に金子君の春画の話が出ている。日本の芸術界で、金子君一人だけが、なし得た大事な芸だから、此処に抜粋して置こう。

……あいつがフランスへ行くんだといって、ぼくんとこへ来て、猥画を描いたの。それが実にうまいんだなあ。まるで歌麿のようなものなんだ。それを中条辰夫とぼくとが、少しずつ内緒で隠して持ってた。……それからね、金子はぼくに「オレが春画を描くから猥文を書け」と言うんですよ。それを限定出版すれば、どこの本屋でも引き受ける、と。最後までぼくにそれを言ってましたよ。二、三の本屋に話すと、ヤンヤと催促するんですって。アレ、売れますもんね。ベストセラーになりますもんね。……去年か、今年の春かなぁ。……実現しなかったのが残念でしょうがないですね。非常に芸術的なものになるはずだったんですがね。……ウチに確か二枚あるはずだけど、やり方が上手いんだ。安全カミソリを使うの。あれで切った紙を筆がわりにしてインクを落とすと、毛より細い線が書けるんですよ。そういう安全カミソリで絵を描く方法は、あいつが発明した。……

巴里の僕のアトリエで、金子夫妻と僕が写っている写真が同じ号の『面白半分』にのっている。僕が巴里に着いて間もない頃だから一九三〇年位の時期だと思うが、中央にも一人いるのがだれだか分らない。それからカメラのシャッターを押してくれた者が一人いた訳だが、其の人も分らない。それが思い出せると、金子夫妻にまつわるエピソードも、面白く花が咲いて来るんだが残念な事である。

（『金子光晴全集　第十二巻』月報三　一九七五年一二月）

金子光晴の「時間」

阿部良雄

あの頃ほど、この時間が苦しくて、刻々が勾配険しく、わたるに切ないにもかかわらず、一方で、それが途方もなくありあまっていたようにおぼえる時期は、他にはなかった。バトパハの西のはずれは、底なしにひらけた熱帯の炎天が、燃えて、くらんで、白っぽけ、渦巻をつくっていて、見ていると、宇宙の物象がその渦に吸いあげられてゆきそうで、その涯がもっと凄まじい闇黒となって、冥々として、昏々《こんこん》、黝々として、猶且つ、それが宿業の涯から巻きあげられる、絶えず変転して休息のない焔の梵字となって揺れている。
（『西ひがし』）

ボードレールが常に感じていたと称する「時間の深淵の感覚」の、凄まじくも鮮やかな形象化だ。「時間」が怖ろしくかつ無限に豊かな眺望として現出するこうした瞬間の知覚は、自伝三部作『どくろ杯』『ねむれ巴里』『西ひがし』を通じてしだいに明確化されてゆくもののようだ。この旅行は、組織化された、共同体的な時間との断絶をもたらすことによって、そうした時間感覚を析出させる役割を果すのであり、その間の消息は、空間的にも形象化されている。

ベルギーに残してある妻とも、日本にいる子供とも、無限に大きな空間が挟まれ、考えも及ばないへだたりができてそれが、ありうべからざる無関心にまでひろがってゆくことを考えて、物本来の姿がそこにゆくより他はないことを感じて、竦然とした。一つの関心と他の関心のあいだの真空状態のようなものを、なにかに縋りつこうとしてその縁《よすが》がなく、無限に降りてゆく塵よりも軽いわれらの存在のありかたと、不動の観念とのつながりを、どう考えたらいいのだろうか。（『西ひがし』）

つづいて、今のことばで「蒸発」と呼ばれるものの本性が何であるかが論じられるのだが、「蒸発」とは要するに、「その時までの家族をはじめ、仕事のつながり、友人、知人、いっさいを御破算にして」「一つの関心と他の関心のあいだの真空状態のようなもの」に身をゆだねてしまうことであり、この状態にあっては、たよりがなければないほど解放の度が強いのは、自然の成行きだ。

……このように泥んこな抜差しならないことになってしまっては、死生の程は、時間の問題と考えるよりしかたがないし、そこからぬけだすどんな上手な方法もうかんで来ない。こんな場合、最良の方法は、なに一つ余計なことは考えないで、まちがいなしに、すべてをはこんでいってくれる『時間』にまかせ、茫然として、われを忘れているに限るということであった……

（『西ひがし』）

時間をもろもろの絆のからみ合う場に過ぎぬものと化してしまう〈共同体〉が主体であることを止めて、〈時間〉そのものが主体となる境地。その境地の中で「われを忘れる」時に初めて、上下左右に気ばかり遣いながら生きてきた今までの「われ」とは違った自我を発見するというのが、〈洋行〉した日本人の、皆ではなくてある人々に共通の図式であった。在留日本人社会その他の絆によって母国の共同体とのっぴきならずつながれるという条件で人並の生活を保証されているようでは、自我の析出は起らない。そうした絆を超越するに足りる財力を備えているのでなければ、その日ぐらしがいちばんで、極言すれば、薩摩治郎八であるか金子光晴でなくては叶わないのだ。

日本を逃げ出し、行く先々で金になりそうなことなら何でもして続ける旅は、明治以来の洋行とは本質的に違っている。多くの留学が十分でなかったとはいえ、自分の手を汚すことなく金を与えられて西洋に学び、いよいよその讃美者になるか、逆に日本主義者になるかして帰って来た。ところが光晴は自分の手を汚して国外で生きたのである。手を汚さずしては生きられないという与件は、頭だけの留学とは違った、人間の存在にかかわる苛烈さがある。……光晴は生きるためには揺りやたかりをもするという汚辱に満ちた破滅寸前の旅によって、それまでの留学者の誰一人摑まなかった漂泊する無国籍者の視座を獲得して行ったのである。

（首藤基澄『金子光晴研究』七一—七二ページ）

これは重要な指摘である。「無国籍者の視座」によってこそ、「西洋人のいう〝父なる神〟のいつわりのない正体」（『西ひがし』）を見きわめつつなお、ホイットマンなどから受けついだ「大義」のようなもの、「正義感の痕跡」（『西ひがし』）をまさぐり続けるという風に、西洋に対していわば大人として接することができた。このへんに、趣味的には最後の江戸人でもあった金子光晴が、稀有な筋金入りのヒューマニスト、言うならば〈近代人〉たり得た秘密がひそんでいよう。

だがそうしたイデオロギー的な水準のもっと底にあるもの、「人間の存在にかかわる苛烈さ」の体験がもたらしたものは、「無国籍者の視座」であるより先に、自我の自覚の機縁として不可欠な、虚無もしくは深淵としての自由の知覚であり、この知覚に間然するところのない時間的＝空間的表現を与え得たところに、晩年の比類ない文学的達成があった。そうした知覚の衝迫に耐えてそれを表象化する主体になくてはならぬ資格は明晰《リュシディテ》さと優雅《エレガンス》さであり、この資格が、夫人の男性関係への独自な対処の仕方を通じて培われてゆく過程において、パリ体験——生馬の目を抜くようなこすっからさと表裏をなす哲学的な思いやりをはらんだ人間環境の、体験——が、重要な役割を果したであろう可能性を、『ねむれ巴里』の書評で示唆しておいた（『ユリイカ』一九七四年九月号）。終戦直後の時代に、到達すべき理想目標として差出されたプロテスタント的で清潔な自我というものが憧憬の対象たり得た事情もよく分りはするのだが、今日のわれわれからみて、強力かつ魅力的な自我のもち主として生きぬいたと感じられる人物といえば、金子光晴にせよきだみのるにせよ、自分勝手な神様や狡猾な教会をそれはそういうものと心得た上で、こちらも、汚辱に満ちた人間関係の中にこそ美しい花も咲くと心得てしたたかに生きてゆく、そういうカトリック的人間風土を体験してきた人々であったことは、どうやら事実である。

そしてそういう自我感の基底をなすものはやはり虚無的な時間感覚であるというところに、話を戻しておかなければならない。

時計がまたうごきだした。その男と少女は、『時間』のなかに戻った。時間のつづいている涯は、世にも荒涼とした水たまりばかりの湿地帯でいつも巻雲が積重なり、よごれ敷布《シーツ》のように風でばたばたやっていた。その男や僕らが共有するこの時間は、始まりなのか、終りに近いのか、いつ誰にもうかがいしらせない目昏《めくら》むほどな見透しのながさ故に、じぶんのいる時点を中心としておくより他の方法はなかった。

（『風流戸解記』）

そして、この世にも美しく妖しい物語の終りで、「緑の痰のようなうつくしい少女」が土の中に埋れ去った後、「この時ほど自信にみちて手をさしあげ、天使の恥毛をそよがせる微風にふれて、心も身もきよめられた瞬間を味わいつづけている時間を生涯に知らなかったと言ってもいい。それが、たとえまっ赤なうそとわかっていたとしても」という結語は、戦慄に近い感動を与える。それは、〈芸術〉による救いなども拒否したところに成立った〈深淵としての自由＝時間〉の感覚が、再び、垣間みられた〈無限〉あるいは〈永遠〉をはらむものとして、〈美〉に転化する一瞬を、もののみごとに把えているからだ。

（『金子光晴全集　第十三巻』月報八　一九七六年五月）

あくび

茨木のり子

金子さんが逝かれてから二ヶ月ばかり経った夏の夕暮、二階の部屋で空を見ながら、ぼんやりしていたとき、網戸にひぐらしがきて止まり、涼しい声で鳴いた。その声を聴いていたら、まったく突拍子もなく「金子さんのあくびをしたところ、私は一度も見たことがない！」と気づいた。人間の思考回路のようなものは、いったいどうなっているのか、その時、金子さんのことを考えていたわけではなかったのだから。なぜ〈ひぐらし〉と〈あくび〉なのか、そして生前一度もこのことに気づかなかったのを不思議に思った。

最晩年の十数年間、おつきあい願ったにすぎないが、折々の姿を思い浮べてみても、一度たりとないのであった。あくびの出ない体質だったのだろうか？　まさか。

最晩年は、見せないようにしていても、疲労困憊のありありとわかる時が多く、痛々しかったが、そんな時でも人前ではシャンとして楽しげにふるまい、耳が遠いことを除けばまるで青年と話しているようで、視線が合うとやはり老人の顔なのだから、しばしば戸惑わされた。

『いささか』というのは金子さんの発案で成った同人詩誌だが、これが金子さん主催の最後の同人詩誌となりそうな予感もして、誘われて私も参加した。三号雑誌の名の通り、三号の編集ほぼ成ったとき逝かれたので、それで終刊となった。一号では鹿野政直氏との対談が載り、三号では安宇植氏との「朝鮮人・日本人」という対談だった。この時、同人も傍聴したが、金子さんの顔色は冴えず、私が見た最も疲労困憊の状態だった。はらはらしたが金子さんの意志でもあり、二時間近く安さんと談じ去り談じ来って一番おしまいに「こういう小さな交流を、これからも大事にして、続けましょう」と締めくくった。いかにも金子さんらしい発言で、それも場あたり的なものではなく、内部から出たしみじみした調子だったので忘れがたく残っているが、紙面の都合上、この部分が割愛されたのは残念だった。

疲れて白っぽい、どこか粉っぽい顔で、瞳も白濁しているようで気になったが、この時もあくび一つ出なかった。疲れ切ったときにはパカァ、パカァと、とめどなく生あくびの出てくる経験が私にもあって、いわばこれはどうしようもない生理反応だし、人間ですもの金子さんだって家庭内では大あくびも出た筈である。親しい同性の友人の前では出たのかもしれない。

ただ人前では、なかんずく女の前では、あくびは絶対にしないという、ダンディズム、もしくはきちっとした礼節をわきまえていた方だったような気がし、今頃になって驚いてしまったのだ。なぜかと言えば常日頃、女の前であくびをする、あくびをしてみせる男があまりにも多くて厭気がさしているのである。私と同世代かそれ以上の年輩の人に多く、さすが若い人にはすくない。

どういう態度を取ったらいいのかわからない、半ば照れかくしの意味で連発する面もあるらしく、みっともないったらありゃしない。噛みころす所作が入ればまだしも、母音を長くのばして音声を発する。それが男らしさであり、豪傑だと思っているらしいふしもある。昔からそういうのに接するたび、この国の教育が悪いのだなァとの歎きを深くしてきた。生理反応であっても一人の人間の前でやってしまえば倦怠、退屈を現してしまい、不作法のきわみになってしまう。そんな時は、さっさと仮眠をとるか本式に寝るにしかずで、ともかく人前に現れるべきではない。

という考えをひそかに抱き続けてきたから、さりげなく、なにげなく実行しえていた明治生まれの男性も居たのだと、驚嘆とともに気づかされたわけなのである。去っての ち——人知れず咲いていた花——の所在をほのかに知らせてくれるなんて、これはこれで、ほんとにしゃれたこと。

外の人にも確めたくなって同人詩誌『あいなめ』のメンバーだった上杉浩子さん、梅田智江さん、その他の誰彼に会った折「金子さんのあくびをしたのを見たことありますか?」と尋ねてみた。思い出すだけのしばらくの間を置いて「そういえば私も見たことありません」という答ばかりが返ってきた。

誰と話をしていても、金子さんは退屈だったろうと思う。女と話すことは一層退屈だったことだろう。

若い人と話していて、荷風《にふう》というのはまだいいほうで、存在さえも知らず「そもそも荷風とは」と説き起さねばならないとき、少々の苦痛を感じる。この苦痛を私自身、金子さんに幾たび与えてしまったことだろう。相対して話すとき、さまざまの解説つきでなければわからないことども多く、さぞ面倒くさく退屈だろうとお察ししたことが多い。経験を共有した人々、次々と去りゆき、長命の悲哀と言えなくもなかった。

誰と話してもあんまり面白くないというのが半分以上の分量を占めていただろう。そしてそれを跳ねかえすようにいきいきした好奇心でまた人に会うという繰返しのように見えた。会ったすべての人間から面白いところを見つけ出そうとする、悪戯っ子のようなきらきらしたまなざしも確実に金子さんのものだった。編集者につけたニックネームにも傑作なのがあり、その人の名は忘れてしまったのに、金子命名によるニックネームと顔とは未だに記憶にとどまっていたりする。

「人なつかしさ」と「人嫌い」この相反するものの共存は、詩人の性格の共通項のようなものだが、その振幅のスケールも人一倍大きかった金子さんが、その間ちらともあくびを出さなかったというわけだ。しかし誰も居ないところではその分、実に壮大なのをなさっていたのかもしれないと思う。

このような礼節、或いは克己心を、金子さんはいったい何処から学ばれたのだろうか？　とそれから時々考える。

退屈な女たちをも尊重するというのは東洋的な思考ではないようだ、たぶんヨーロッパふうなのだろう。西洋の悪口もずいぶん言っているのだが、いいと眼《がん》をつけたところはちゃんと「頂き」になっているらしい。一般に思われている以上に、西洋から吸収したものも多かったような気がする。ドンキホーテ精神も、その日常の随所に、隅々に、あらわれていたっけ……と、くさぐさのおどけたしぐさと共に蘇る。よみがえるの語源は「黄泉の国からかえる」の意から来たものだそうで、いま、まさに、私は正しく使えているわけだ。

いずれにしても、あくびの件は、一瞬、探照燈でパアーッと別の角度から、その全生涯を照らしてみせてくれたような気がする。

「東洋も西洋もありませんよ、お互いがお互いに、異性はおもしろくってたまらない、てな顔してるのが人間の文化ってもンでしょう」なんて声も聞えてくる。

私の部屋には金子さんの写真が飾ってある。「もしも私に小さな息子が居たら、女の前であくびをするようなヤツは切腹ですよ、と仕込みたいところなんですけれど」と話しかけると、一寸横むきになっている金子さんはヒョイとこちらを向いて言う。

「切腹なんて言っちゃいけませんよ、あなた」

これはもう、実にはっきりした声だ。

「あなた」はしばしば「あンた」と発音されたから、正確に表記するならば「いけませんよ、あンた」である。

（『金子光晴全集　第四巻』月報九　一九七六年六月）

金子光晴について

吉本隆明

金子光晴に会ったのは、あとにもさきにもただ一度だけであった。たしか『現代詩手帖』だったとおもうが、幾人かの人たちで金子光晴を囲むような詩の座談会があった。わたしの初印象でまた最後の印象は、詩作が衰弱していないのにくらべて、耳が遠くなって老いさらばえてしまっている小さな老人といったものであった。少し受け答えをしているうちに、聴覚が不自由なせいか、座談がすこしも核心に近よってこないのがわかり、わたしは次第に〈これはいかん〉という感じになってきた。そして座談会という感じを放棄して、もっぱらいたわることに専念するような気になっていた。座談会が果てたあと、鮎川信夫がからかうように〈きみはお年寄に親切なんだね〉と云ったのを、いまでも覚えている。よく思い当ったからである。もともと少数の人たちのほかに、詩人にも作家にも批評家にもつきあいがないほうだから、金子光晴に一度しか会ったことがないといっても、じぶんにとっては珍らしい例ではない。

わたしは、この詩人のいじけ方がそれほど好きではなかった。しかしこの詩人を優れたものにしているのも、この独特ないじけ方のせいであった。『こがね蟲』の金子光晴は、まだ、古風な象徴詩人である。白秋や露風よりも、有明や泣菫にちかい感性をもっていた。だがここでは金子光晴はいじけていない。

往来の生籬に沿うて、春の淋しい詩《うた》がのぼる。
月日は、私の生涯から、閲歴を奪ひ、桃色の羞恥を奪ひ、
カメレオンの官能を奪ふ。

あゝ、厭ふべき老年は、虱の如く集まる。

月日は今日を昨日とし、少女を寡婦とする。

（「章句　A」）

こういう詩は古風だが、よい詩である。だが象徴の仕方にいじける要素がないわけではない。この詩でいえば「虱の如く」という直喩がそれにあたる。けっしてよい直喩だ

とはおもわないが、じぶんが体験的に触れたことのないもの、体験的に触れ得ないものにたいする生理的ともいうべき嫌悪感がよく象徴されている。そして体験的でないということが、この種の直喩の特徴であるようにおもわれる。「鱶沈む」のなかの「『棗泥湯糰』の湯気で全支那が煙る」のような暗喩もまたおなじ特徴を語っている。

詩集『鱶沈む』までで象徴詩人金子光晴はおわった。あとは事物や生き物や人物の描写のうちに自在にじぶんを移入させて転調する特徴だけが受け継がれたといっていい。言葉は裸になり、投げやりな虚無は露わにむき出されるようになった。どうしてそうなったのかよくわからない。時代と個のなかで耐えていた心の枠組が破壊される理由があったにちがいないということだけがわかる。「塩原多助が倹約したやうにがつと書く人間になるのは御めんです。よほど腹の立つことか、軽蔑してやりたいことか、茶化してやりたいことがあつたときの他は今後も詩は作らないつもりです。」(詩集『鮫』自序)というのが、その宣言にあたっている。この宣言には自己軽蔑の要素があって、これが生涯の金子光晴を決定している。「おっとせい」の描写はたちまち「俗衆」の象徴になり、「おいらは、反対の方角をおもつてゐた。」、「ヴォルテールを国外に追ひ、フーゴー・グロチウスを獄にたゝきこんだのは、／やつらなのだ。」という思想もまた、この時期に露わになり、その後の生涯を決定したといってよい。

おっとせいのきらひなおっとせい。
だが、やっぱりおっとせいはおっとせいで
たゞ
「むかうむきになってる
おっとせい。」

この生と詩の方法がもっとも有効だったのは、戦争期だったろう。わたしなどが驚いたのも、戦争期の詩を戦争直後に知ったときであった。こういう戦争にたいする抗い方をした詩人もあったのか、という新しい世界の体験として驚いたのも確かだが、よくよくかんがえてみると、この「おっとせいのきらひなおっとせい」である詩人が、水を得たように生き生きとして、本来的ないじけ方から解放されていることにも驚いたのである。金子光晴には〈大詩人〉とか〈老大家〉とかいう〈大〉を、生涯の終りまで付けにくい思いがあったが、戦争期の詩人金子光晴には〈大〉を冠してよい要素があった。この時期だけは、かれが自己軽蔑を解放し得ているからだと思える。かれの嫌いな「おっとせい」たちが、一斉にむこうを向いてくれたので、かれは独りじぶんに素直になることができた。この時期の詩をかれから抜かしたら、わたしはやはりあまり好きでないいじけ方をした詩人としか思わないで、この詩人を素通りしただろう。

月の肋。
うち歎く杪をかすめて、なほ
諦観が
もののあはれがさまよふ。
蘭や菊のにほふ昔がたりを人は、千年くり返す。
この国でもつとも新鮮なものは、武士道である。

掃墨。
苔寂びた庭。
紬織——高節の気風。
秘事秘伝、雲烟のなかの詩人たち。
はら芸をみせる政治家たち。
おもひいれ、七笑ひ、咳払ひ、しかつめ顔。
さはり、繊細な小手先のからくり。

おに火のもえる水田と
ネオンサイン。

信淵とルツソオ。

ぜげん、奉公人、乱破《らつぱ》、神憑り。

鴉のやうに巷にあふれる学生どもは、酒くせと、世わたりをならひおぼえ、
嫁入り前の娘らは、床花を活け、茶の湯の作法に日々をくらし。

（「風景」）

これは、優れた詩のひとこまであるとともに、一種の文明批評になっている。いわゆる日本的な美と称せられるものの貧しさや卑小さを、これだけの象徴で総なめにしているとみることもできる。これらは、本来的には金子光晴の好きな美であり、体験的な美でありながら、しかも嫌悪することにおいていじけていないため、全体的には肯定的な気風が表現を大きくしていて、文明批評になり得ているのだ。こういう戦争期の逆説的な調和は、金子光晴を、戦後の評価のなかで〈大〉詩人にした。だが、かれのいう「俗

衆」は、こんどは逆の方向に群をなして走りはじめた。たちまちのうちに金子光晴は、また、そっぽをむくことを強いられた。戦後のかれの苦渋こそがほんとうに悲劇だった。すでに、ものごとがわかるようになっていたわたしは、金子光晴の戦後の渋面がよく理解できたとおもう。ただ、かれは相かわらず投げやりな気分で手ぶらだったが、わたしの方は、じぶんの武器をみがいていたので、この詩人の生きざまや詩をもどかしいようにおもうようになっていた。わたしは晩年の金子光晴の瘋癲《ふうてん》老人ぶりのような風評をきいたことがある。この詩人にしてみれば谷崎潤一郎のような余裕のある陰翳礼讃などではなく、生涯のじぶんのいじけ方にたいして復讐しているのだなと思った。

（『金子光晴全集　第一一巻』月報一三　一九七六年一〇月）

悪友金子光晴と私

中西悟堂

また一つ落ちた、という実感である。金子と私は共に明治二十八年生れの同年で、大正の半ばからのつきあいだから、六十年に近い間柄であった。ここ二、三年の間に数十人の故旧、知友がボロ〱欠けて、残り少ない一人であった。互いに無責任な謂わば悪友といった仲だっただけに一入寂しい。

大正の後期、金子は神楽坂のほとりの赤城神社下にいて、いつのまにか東京女高師の生徒の森三千代君と同棲するようになったが、大正八年に私は東京を去って、今の島根県安来市の奥の長楽寺という寺の住職となった。檀家の支配に永く任せて紊乱《ぶんらん》している寺で、その改革整備のために行かせられたのだが、その翌々年かにこの寺へ金子は国木田独歩の遺児虎雄を伴なって来て滞留した。佐藤惣之助が「東に光晴あり西に悟堂あり」などと言っていた頃で、惣之助にすすめられて来たものらしい。その時金子は土産だと言って一羽の鶏を出したが、どうも見たことのある鶏なので、少々臭いと思い二人をさりげなく書院に通してから裏の鶏舎へ行ってみると、一羽だけ交っていた白チャボがいない。これだけが白い鶏のことでハハンとすぐわかったが、口には出さなかった。金子の方は内心面白がってぞく／＼していたに違いないが、こちらも知らん顔をしている方がこたえるだろうと思った。ところがとう／＼彼は滞留中ケロリとしてしらばっくれていたのだから、こちらの負けであった。金子の近著『三界交友録』を新評社が呉れたので開いてみると、なんと、私が寺の山林を売って、博奕を打って、ボイコットされている最中のことで、どっからか盗んで来た鶏を料理して出したと書いてあるのにはさすがに呆れて、まさにアブト式だと思ったが、笑って過ごすよりなかった。もう一つひどい出鱈目は、私が女優に惚れて、その女をデパートに伴ない、世帯道具から結婚衣装まで誂え、まとめて家へ運べと命じておいて、女を玄関脇のソファに待たせ、小便にゆくと称して、とって返して注文品を全部解約し、女を家へ連れこんで結婚したという記事で、何んと心温まる話だろ……と結んである。こんなことが抑々《そもそも》書生っぽに出来るものかどうか、ここまで吹き飛ばすともう御愛嬌である。某君からこんな記事が出ていますがとわざ／＼送ってくれた『週刊ポスト』にあった漫談であったが、鶏の話と共に彼の没後に知ったことで、さすがに彼からは本も雑誌も送ってはこなかった。昔ながらの悪ふざけだが、閻魔様のところへ行って彼と対面して「おい／＼、チト過ぎるじゃないか」とも言えない。憎めぬ悪友の手玉に取られっぱなしとなったが、彼の生存中にこれを見つけても、やはり私は怒りはしなかったろう。

話を前に戻して、私の寺に滞在中、金子は国木田の詩のノートをしきりに添削してやっていた。金子自身はペン画をいろいろ描いていた。ところが安来の町から二台の人力車をつらねて寺へくる途中、金子は人力車の上で蛸踊りばかりしていたそうで、一方の国木田のほうは長髪の青年で、五十年前の田舎には凡そなかったことだから村びとたちの目を引いた。やがて檀家惣代の老人から「あげな村じゅうをバカにするもんどもを寺に泊めておかっしゃっては寺の名に障るけん、早う帰してつかあさい」という抗議が出たが、格別悪事を働く手合いではない、二人ともワシの友達だ、遥々東京から訪ねて来たのだから暫く我慢しろ、長くは居らんよ、と言っておいた。こうして金子に直された国木田の詩稿が後に詩集『鷗』となって新潮社から、金子の『こがね蟲』より先に出たのは、父親独歩の七光りだったのかもしれない。それにしても後輩に親切な金子だった。この『こがね蟲』を金子からじかにもらった時は私はもう東京に戻っていたが、数日後に金子がまた来て、「僕の詩集、ちょっと貸してくれよ」と言う。これは私のところだけでなく、川路柳虹その他何人かの寄贈先を歩いて、かなりの冊数をとり戻し、一まとめにして古本屋に売りとばしたのは何か金の必要があったからだろうが、川路もこのことを笑って私に話していた。本来誰にしても手放したくない自分の詩集を、さっさと売り飛ばすなどは出来ぬわざだが、金子という男は若い時から自分をも含めて世の中を茶化していて、奇想天外な逸話も多く、この癖と飄逸さは晩年まで残っていた。一つだけ御紹介しよう。これも昔のことだが、市ヶ谷見附のあたりで山ほどの荷物を引かせている荷馬車の馬が喘いでいるのをフンガイして馬子に食ってかかったら、逆に喧嘩を売られた。すると金子はひょいとふところから新聞を取出すとべらぼうな大声で広告欄の朗読をやりだし「宝丹、淋病薬、大学目ぐすり、貸間あり何区何町何番地敷金二つ、化粧薬は」と息もつかずまくし立て、相手が面くらっている間に「あばよ」と立去るという具合で、当意即妙の機転で難を免れていた。神楽坂の毘沙門様の横道で立小便中、巡査に肩を叩かれた時も、べら〳〵しゃべりながら小便をすましてしまうとアッという間に疾風の如く遁走した。

もう一つこれも私の寺に滞留中、前に処女詩集『赤土の家』を出した時の本名「保《やす》和《かず》」は気に入らぬ、光晴としたいという。その頃は僧籍に入れば本山から法名をくれる。それを添えて役場に届ければそれが戸籍上の本名となったもので、私の「悟堂」も法名である。そこで金子に一応俺の弟子となれとすすめ、師僧としての私から延暦寺へ届け、法名は光晴《こうせい》としたい旨の副書を添えて出したところ、間もなく本山から「法名光晴」という鳥の子の用紙の度牒《どちょう》（得度入籍の牒《しるし》）と数珠一環が届いた。以来彼は大っぴらに光晴を名乗ったが、坊主になどなる筈もなく、光晴だけを物にした。役場へ届けたかどうかは知らない。

私は長楽寺の始末をつけたあと松江市の普門院という寺へ移った。金子はこの寺へも行ったとしゃべっているが、来たことはない。佐藤惣之助が琉球の帰途に寄って泊り、辻潤は一カ月も滞在したが、町じゅうの飲み屋を私の寺の名で飲み歩き、辻の帰ったあとでぞっくりと支払要求の勘定書《つけ》が来て、やむなく一切支払ったが、半カ月後に上京したついでに川崎の辻の宅を訪ねたら、どこかへいつか紛失した私の水玉模様の単衣が壁に掛っている。おや／＼と言ったら辻はクス／＼笑っていた。当時こういう掻っ浚いを仲間うちでよくやったもので、サトウ・ハチローなどはその道のウルトラ選手であったらしい。被害者の方は微苦笑するだけで、私の場合も金子も辻も憎めぬ相手だった。

後、私は野鳥の会を始めたので、古い話は飛ばして、昭和四十四年九月、東京12チャンネルの「人に歴史あり」の番組で金子が主人公になった時のゲストは、金子の初期の関係者として俳人黒田忠次郎と富田砕花、彼の外遊前後、結婚当時の友人として井上康文とハチローと悟堂、プロレタリア文学時代の交友として壺井繁治と岡本潤、それに松尾邦之助ほか、もと『中央公論』編集部の畑中繁雄氏が「泥」の発表について顔を揃え、アナウンサーは例の八木治郎氏で、みんなで金子をほめた。

　最近では、と言っても丸四年前の四十七年十月に歌人飯田莫哀君の歌碑が井の頭公園の大盛寺境内に建ち、金子も私も出席したが、あとは全部歌人なので、除幕式のあとの庭の幕宴の時、金子はひょろっと私のそばへ寄ってきて、「悟堂坊《ごどぼう》ちゃんと二人っきりで話そうよ。歌人ばかりじゃ話のとっつきがねえよ」と例の咄し家《か》風の笑顔を見せた。

声を出すというよりは、声を引くようにして「そうかい〳〵」とうなずく癖も昔のままだったが、これが金子との最後だった。

ともかく金子とはウマが合って、何をしようと言おうと、構えも、あとくされもないつきあいだったが、『こがね蟲』の頃から彼を臍曲りだが天才と思っていた通り、『こがね蟲』から詩集『鮫』への転回は彼の性根への回帰で、戦争へのレジスタンスばかりではなく、世の世間態《せけんてい》への抵抗に終始した彼であった。こうして晩年に及ぶにつれて彼の評価は高まり、現代詩壇のメッカとなった。根っからの市井の徒を以て任じていた金子だったが、一代の光芒を残して逝ったことは、友達として自慢できる。

たゞ三千代夫人は長い病褥のままで、知らん間柄でないだけにお気の毒に堪えない。詩集に『龍女の眸』があり、長谷川時雨の『女人芸術』から巣立って小説も書いていた人で、病に罹らなかったら色々とやった人だろうに、病床のまま金子を見送った。長らく逢わぬが呉々も自重自愛して生きて頂きたい。

つい古友達で金子のふざけた面ばかり書いて、金子支持者に相済まぬが、金子とならお互い様だ。今は合掌しつつ彼の声価の広く定着せんことを心から祈っている。


（『金子光晴全集　第八巻』月報一四　一九七六年一一月）

詩の蘇生に向かう放浪のヴェクトル

清岡卓行

金子光晴が七十代の後半という年齢において、まことに精力的に発表しつづけた三部作『どくろ杯』（一九七一年）、『ねむれ巴里』（一九七三年）、そして『西ひがし』（一九七四年）は、じつに興味深い文学作品である。

これらは、彼の三十二歳から三十六歳にかけての約四年間にわたる国外での生活、──東南アジアを経由してヨーロッパへ行って帰ってきた長い放浪の生活を描いたもので、驚くほど赤裸裸な自伝の一部である。彼は以前に、六十歳までの自伝として『詩人』（一九五七年）を出したことがあるが、そこで簡単に述べたそのヨーロッパ旅行を、今度はいちじるしく豊かにそして深刻に語ったということになるだろう。

ところで、今回の新しい仕事には、自伝という枠からいわばはみ出ようとする芸術性がある。そこで表現された内容が、ほとんど過不足のないものとしてそれ自体で独立しようとするような、一種のまとまりのあるリアリティの強烈と緊迫を感じさせるのである。

というのは、この三部作を、一九二八年から約四年間の、つまり、両大戦のあいだのある時期の現実への、独特に沈潜した文明批評を含む紀行文と呼ぶこともできるだろうし、また、時代や周囲の人間たちにたいする作者の自我の構造を、おのずから立体的に浮かびあがらせるところの、実名を用いた私小説と呼ぶこともできるだろうということである。

実際にも、そこには、植民地の現実や西洋文明の表裏にたいして醒めきった、いわば精神的な異邦人の目による、生生しいルポルタージュふうの紀行の価値がある。また、そこには、かつては環境に恵まれ、耽美的で、いささか教養主義的でもあった詩人の作者の自我を、人間関係の残酷や、底辺の現実によって持続的に虐待し、それをやがて別なふうによみがえらせようとする、小説の痛烈な主題がある。

私は今、この三部作から受けた深い感銘を、私小説の一つの場合として反芻する誘惑から逃れがたく感じる。そうした思いで、この放浪の動機と旅程をまず要約してみよう。

金子光晴は二十四歳のとき遺産の残りで第一次大戦後の欧州を訪れ、特にベルギーで文学芸術に親しんだ。帰国後に出した詩集は高踏派と象徴派の影響が混じり、花やかに注目されたが、その直後の関東大震災で世の中は一変し、詩壇にはアナやボルの新人が登場したりして、彼の仕事は古いものと見なされる。

こんな過去を背負う二十八歳の彼は、遺産も底をつきかけ、自分の詩にも不満な境遇で、才媛の森三千代と結ばれ、すぐ子供もできる。しかし、相手の愛の自由をも認めあう二人の若やいだ関係に、第三者が入りこむ葛藤が生じ、経済的に自立しがたい窮状もあって、二人は幼児を里にあずけ、ろくに旅費も持たずに、新生活を求めてパリに向かう。苦労や偶然に若さを賭けたい誘惑もあったのだろう。

上海。香港。シンガポール。スラバヤ。在留邦人と交わり、艶笑小説をガリ版刷りで売り、絵を描いて売り、旅は少しずつ進む。途中彼女だけ乗船してパリに行き、彼はなおマラヤを歩いて自分の旅費を稼ぐ。パリで二人が落ち合うのは東京を出て一年四箇月目。パリでの約二年も臨時収入による頼りなさである。二人はべつべつに稼ぐため、彼女はアントワープで、彼はブリュッセルで暮すようになる。これらの間、じつに雑多な他人が現れ、愛欲や利害の関係がこみいるが、二人の心は結局、日本に残した子供への思いもあって離れない。

帰路は金子光晴が先発し、また東南アジアで停滞する。それは半ば彼の望むデカダンスであるが、ニッパ椰子の町バトパハへの愛着は美しいし、シンガポールにいて何年ぶりかに戻ってくる詩作の衝動は感動的である。その場所に、後からやってきた森三千代は一日途中下船して立ち寄っただけで、彼を追い越して帰国する。彼もやっと日本に戻る。

ざっとこんな旅程の骨組みであるが、金子光晴がその間に見聞し、情動し、思考し、行為したことは、驚くほど多い。私に印象的なものをほんの少しだけあげてみると、たとえば、花のパリの悲惨で不安な部分を、放浪の立場から敏感にとらえるかと思えば、バルビゾンの冬の森の冷厳な秩序にひそむフランスふうの知性や、ロップスの古い版画の民衆風俗に漂う解放精神に、心から感嘆するような、幅広く自然な影響の血肉化がある。

また、東南アジアの原住民、日本人、中国人、イギリス人、オランダ人などの間における、搾取、利潤の競争、倨傲と屈辱の心理の冷戦、そのほか生活のさまざまな実態への、たじろがぬ孤独の低い位置からする目撃がある。さらには、旅行のすべてを通じて、中国人やフランス人などさまざまな民族の若い女性たちのいわば生臭い実存への、ほとんど飽くことを知らない、優しく辛辣な観察がある。

こうした経験はすべて、戦時中の日本でやがて彼が書くことになるだろう詩という結果から、逆に照明するとき、彼が培った陰微で怖ろしく強固な近代という無類の個性の、かけがえのない糧となっているものである。

もちろん、ヨーロッパ旅行三部作を一つの私小説として眺めるとき、そのような照明を作品の外側からあからさまに持ち出すことは、行き過ぎだろう。しかし三部作を味読すれば、そこでは作者の魂の形が、絶えず何かを半ば無意識的に目ざしている放浪のヴェクトルとして、おのずから浮かびあがってくるのを眺めないわけにはいかない。その方向を、一度自己否定した選良的で審美的な詩の、あまねく人間的で現実的であろうとする蘇生によってかたどることは、少なくとも一つの可能な受け取りかたである。

私はここで、萩原朔太郎が小説を「詩の逆説」と呼び、自ら幻想的な短篇小説『猫町』を書いて、〈幻想の近代〉の崩壊を生生しく描いたことを、思い出さずにはいられない。これに比較するとき、金子光晴の三部作は、蘇生した詩の擁護というか、それを支えた根底の物語の呈示となっているように見える。

金子光晴はかつて『日本の芸術について』(一九五九年) において、「日本の文学がユニークなものになってゆくにはことによると、そこ (私小説——引用者による注) に本道があったことを誰かが気づき、新たにそこから歴史が始まるようなことがないとも言えない」と書き、私小説蔑視の風潮に彼らしい反骨ぶりを示したことがある。この観測の当否は別として、彼のヨーロッパ旅行三部作が、閉じられた私小説ではなく、国外放浪という開かれた私小説として、日本の文学の未来へ独自に刺激的な光芒を投げかけていることは確かだろう。

(「読売新聞」一九七五年一月／『現代詩読本　金子光晴』思潮社　一九八五年九月)

「生きている」流浪者の眼

窪田般彌

金子さんが自ら「型破れな旅」といっている二回目のヨーロッパ旅行のことを記した自伝的文章には『どくろ杯』と『ねむれ巴里』(ともに中央公論社刊)がある。そして、今回刊行された『西ひがし』は前二著の続編をなすものである。

私はいままでに『どくろ杯』しか読んでいなかったが、今回『西ひがし』を書評するに当って三作をまとめて読んでみた。読後の印象は強烈であった。それは一つには言葉の魔術師としての詩人の文体に負うところが大きいが、冷静につき放したようにして書かれている回想のリアリティによるものであろう。

たしかに三つの連作に記されているものは回想である。だが、その回想は人が年老いてしばしば書き綴るような、あの過去をなつかしみ楽しんでいる類の美化された思い出話ではない。何か生々しさがむき出しにされていて、放胆で無気味な、捨鉢的なニヒリズムにつつまれた苦々しい回想である。『どくろ杯』の冒頭で、「七年間も費して、めあても金もなしに、海外をほっつきまわるような、ゆきあたりばったりな旅ができたのは、できたとおもうのがおもいあがりで、大正も終りに近い日本の、どこか箍《たが》の弛《ゆる》んだ、そのかわりあまりやかましいことを言わないゆとりのある世間であったればこそできたことだとおもう」と書いている金子さんは、さらに「あとがき」で、四十年も時間を置いてその頃のことを語るとなると「こころが寒々としてくる」と告白をしている。

金子さんは二回ヨーロッパ旅行をしている。二十代の半ばに行った第一回目のときには、まだ曲りなりにも西欧文化への期待や関心もあったから、ブリュッセル郊外において静かにヴェルアーランやレニエの詩を耽読し、ボッシュやブリューゲルのような北ヨーロッパの美術に夢中になることができた。

しかし、そんな幸せな一時期は詩人の生涯に二度とめぐってくるものではなかった。金子さんが二回目のヨーロッパに旅立ったのは昭和三年の九月だが、経済不況に見舞われていた時代は暗く悲惨で、戦争の足音が身近に聞えていた。詩人は生活的にも思想的にも苦しみ、疲れはてていた。従って、ヨーロッパ行きなどといっても、そこには何の希望も目的もなかった。もし目的があるとすれば、ただ漫然と日本を離れたいというこ とぐらいしかなかった。

このようにして金子さんの「型破れな」放浪旅行ははじまるわけだが、マルセイユに着くまでとヨーロッパにおける生活の苦闘がどのようなものであるかは、『どくろ杯』と『ねむれ巴里』に詳しい。そして『西ひがし』においては、ゆくりない仕儀で日本に帰らざるをえなくなった詩人のマレー半島東海岸での放浪が語られる。しかし、この不毛な日本への帰朝には出発のときと同じように、何の希望も喜びもなかった。彼を待っているものは再びはじまる惨めな生活だけだ。詩や文学とは数年前にきっぱり訣別していたから、詩人や詩壇には未練もなかった。再会したい人間は長崎にいる義父母にあずけっぱなしになっている「我身の片われの子供」をのぞいて一人もいない。それはまさに詩人自らが歌っているように、「定着もない憂愁と心易さに、すべてが一様に流されてゆく」水の流浪である。

水の流浪。これは金子さんが詩集の題名にも使っている言葉だが、金子さんの一連の放浪記はこの水のイメージに収斂されるように思われる。ただ、その水は蒸溜されて透明になった水ではなく、その昔「なにもせず半生を送る人間」が多くたむろしていた上海でどっぷりと浸った泥水である。一切の文明の欺瞞や横暴を呑みこみ、あらゆる人間の偽善的な醜悪さを流しこんでいくこの泥水は、また詩人金子光晴のニヒリズムの奥底を流れている地下水でもある。

だから、シンガポールのぽん引にシャム女を世話すると言われて、一文無しのくせにのこのこついていった詩人は、これを自分の「ゆき当りばったりの浮浪人気質」のせいにし、「八方に迷惑をかけて、ひどいなりゆきになるかもしれないのに、本人は、あまり気に止めていない」と言ったあとで、自分の浮浪人気質の底に沈澱している「上国人意識」をはっきりと認めている——。「日頃、人種差別で、逆遇されている植民地を庇い、体裁のいい顔をみせている白人と白人の文化を批難している僕という人間が、表向彼らに平等感を抱いていると見せながら心底では、人並以下にしかあつかおうとしない。そればかりか、僕のコンパトリオットは、それで当然と言わんばかり、疑念をもつことがないのは、人間とはよくよく性のわるい動物である」。

まことに人間とは陰険で度し難い動物なのだ。金子さんが長い放浪生活のなかで見つづけてきたものは、風景でも文化でもなく、じつは自分自身の弱さや狡賢さや愚かさをも含めての「人間」であったにちがいない。世界とはそうした人間たちがひしめき合っている地獄なのだ。人間性をさらけ出して「生きている」流浪者の眼ほど冷徹なものはない。金子さんはまた、こうも言っている——「ともかく今日地上に氾濫している人間をつくったものは、神ではなく人間じしんである。そして人間が絶滅しようとして神に拝跪するのは、筋ちがいで、その酷薄な人間から身をまもるのは人間の知恵をおいて他にはなにもないことを誰も知っていなければならない。原住民、被征服民たちの目を蔽うばかりの悲劇は、じぶんたちの神におもねり、人間の怖ろしさに気付かなかったむくいである」。

原住民や被征服民たちの悲劇が「人間の怖ろしさに気づかなかったむくい」とは、身の毛のよだつ言葉ではないか。原住民や被征服民たちばかりではない。戦前の日本人もまた人間の怖ろしさに気づかなかった。昭和初年の、内地においても植民地においても追いつめられていた日本人とは、すべて原住民や被征服民と同じ類の人間である。彼らの前には死しかなかった。

シンガポールの宿で一夜この怖ろしさに慄然とした詩人は、他人を死に追いこむ立法や権勢に対して無性に腹を立てた、だがこの腹立ちは金子さんを再び詩の世界へと呼び戻すものであったにちがいない。戦時中に書かれたあの見事な作品はすべてこの腹立ちの所産にほかならない。

（『海』一九七五年四月号）

怪物が死んだ——金子光晴のこと

草野心平

十年程前に私は「銅駝の怪物たち」という一文を書いたことがあった。(「歴程」通巻85号)その「たち」とは金子光晴と村山槐多のことであった。

槐多が生れたのは明治二十九年、金子が生れたのは同二十八年、月にして数えると約九ヶ月金子の方が先輩分になる。

金子光晴の年譜によると「明治三十四年(一九〇一)四月、京都市立銅駝尋常高等小学校入学。」とある。槐多の年譜(三好寛作製)によれば「明治三十六年(一九〇三)三月、銅駝保育所(当時の銅駝小学校の後援機関『銅駝教育会』が経営)を卒園」とある。「保育所」というのはどうやら今の幼稚園みたいなものだったろうと思われるが、槐多はそこの小学校にははいらずに、その年の四月から「京都府立師範学校附属小学校(現在の京都教育大学附属京都小学校)に転校」する。だから、銅駝で一緒のクラスで習ったわけではないが、約二年間同じ校庭で遊戯などしていただろうことは想像できる。「おててつないで/のみちをゆけば/みんなかわいい小鳥になって/とんではねれば/くつがなる」そんな歌をうたったかもしれない。「銅駝」という名称は変に魅惑があるが、西安までとんでゆかなければならないので、そんな道草は止すとして、兎も角私にとってはこれらオマセな二人の幼年児が、同じ校庭で遊んでいたということがなんとも面白いのである。

私は十年前に二人に就いて何を書いたのだったかは忘れてしまったが、大ざっぱにいって、怪物としての二人を書いたのだったろうことはその標題でも察しがつく。ところで槐多の方は二十二歳と八ヶ月の生涯を、いくらか自殺めいたかたちでこの世を去ったが、金子光晴は蜒々七十九歳を生きて、ついこの間死んだ。といって周知のように安穏な経過を辿っての涯ではなく、zigzag な生涯だった。

金子に「洗面器」という詩がある。短い詩だが、これには珍しく前書きがついている。

(僕は長年のあひだ、洗面器といふうつはは、僕たちが顔や手を洗ふのに湯、水を入れるものとばかり思つてゐた。ところが、爪哇《ジャワ》人たちは、それに羊《カンピン》や、魚《イカン》や、鶏や果実などを煮込んだカレー汁をなみなみとたたへて、花咲く合歓《ねむ》木の木蔭でお客を待つてゐるし、その同じ洗面器にまたがつて広東《カントン》の女たちは、嫖客の目の前で不浄をきよめしやぼりしやぼりとさびしい音をたてて尿《いばり》をする。)

洗面器のなかの
さびしい音よ。

くれてゆく岬《タンジョン》の
雨の碇泊《とまり》。

ゆれて、
傾いて、
疲れたこころに
いつまでもはなれぬひびきよ。
人の生のつづくかぎり
耳よ。おぬしは聴くべし。

洗面器のなかの
音のさびしさを。

この詩を金子光晴がいつ書いたかは分らないが、三十四歳、マレイかジャワでの経験を恐らくそのまま書いたのだろうが「広東の女」は広東省出身の華僑の一人であるにちがいない。「人の生のつづくかぎり／耳よ。おぬしは聴くべし。／恐ろしくさびしい言葉（生）」である。

草野　……もう一度中国へ行ってみたいと思わない？

金子　どこへも行ってみたいと思わないな。旅行はたくさんだよ、もう。旅行するなら金を持って楽に生きたいよ。

草野　それは昔のような旅行はしたくないやね。できないものね。肉体的にできない。

金子　南方では大体シナの船であっちへ行ったでしょう、シナの船というのはやっかいなんだよ。デッキへ出て腰かけてトロトロとして手なんか出しているとずーっと南京虫だから。たいへんだよ。パリも南京虫のひどいところだ。一ぺん、パリのどこだったかな、ひどいところなんだ。部屋へ入って、枕をとったんだよ、そうしたら白い毛みたいな粉みたいものがワーッといるんだ。南京虫の赤ちゃんなんだ（笑）。小さいものだけどゾクッとしたよ。

草野　パリの安宿か。

金子　あそこぐらい差のひどいところはないな。ロンドンもそうだな。

草野　パリは二、三週間しかいなかったけれども、パリだけに限らず、ぼくがヨーロッパを見てインドのボンベイへ来たら、四、五年前だけど、すごい生活力と東洋のエネルギーというようなものをひどく感じた。何かパリなんか疲れているような気がしたんだ。ギリシャもイタリヤもヨーロッパ全体が疲れているような気がしたな。

金子　ヨーロッパも、少し乱暴ないい方だけど、一役済んだね。

草野　そういう気がするな。

金子　われわれの関係する話なんかでもあまり感心しないものな。

（一九七三年「歴程大冊」での対談「五十年」から）

これにつづいて詩の話になるのだが、それはぶくことにする。（ここまで書いて、きのう日赤病院を退院し、今日はいま、常磐線の列車で北に向っている。窓の外は鬱々の緑と重たい鉛の空である）。ところで南方へのシナの船というのは恐らくは荷物船だったろうし、荷物船の旅にしろ「洗面器」にしろ上等の部類には属さない。中国の船ではなく、私はニッポンの「日清汽船」の荷物船の経験を十八の時したので、大体の想像は無論つく。二銭でアンペラ一枚借りてガタピシいう板の上に敷く。それがベッドだった。その頃の中国の荷物船はどんなだったろうか。恐らく大差はなく或いはもっとひどかったかもしれない。

パリについて「あそこぐらい差のひどいところはないな。」と金子光晴は言っているが、日本からの何万いう観光客の誰一人として、その「差」のひどさを経験した者は恐らくあるまい。南京虫の赤ちゃんなんかにお目にかかった人もあるまい。

金子は三十五歳から六歳にかけての二ヶ年近くの時期を大体パリを根城に滞在したが、それは滞在というようなシャレたものではなかった。滞在といえるのは二十五歳のときのベルギーでの約一年間だけだったろう。滞在だったから『こがね蟲』が出来たので、パリでの野良犬のような放浪滞在だったらあのような耽美的詩集は生れなかっただろうと思われる。男色以外のことは何でもした、そんな金子の言葉をぼんやり思いだすが、ヨーロッパや中国や東南アジアでの、言わば最低生活の積み重ねが、その財産が、殊に詩集『鮫』以後から晩年に至る彼の厖大量の傑出した詩作品の栄養源になったことは慥《たし》かである。

上述した対談のなかで彼は、日本人の世界観といったものを書きたいんだという意味のことを言い、それは部分的には従来も書いていたが、まとまったものとしては実現しなかった。これは実に惜しい。そのような願望の発現も、永い海外放浪による燈台もと暗しではない、外部から遠望した客観とこの間の戦争や日本の歴史を金子流に内部から見た核とを混淆さした異数なものになったにちがいない。「自叙伝について」という詩の一節で金子は次のように書いている。

いつのまにか、僕にも妻子がゐて
友人、知人、若干にかこまれ
どこの港をすぎたのかも
気にとめぬうちに、月日がすぎた。

そのうち、はこばれてきたところが
こんな寂しい日本国だった。
はりまぜの汚れ屏風に囲はれて
僕は一人、焼跡で眼をさました。

彼は正真正銘の日本人だったが国際的、或いは無国籍的な自由人であった。「富士」という詩では

重箱のやうに
狭つくるしいこの日本。

にはじまって
そして、失礼千万にも
俺達を召集しやがるんだ。
戸籍簿よ。早く焼けてしまへ。
誰も。俺の息子をおぼえてるな。

といい、夜どおし雨がふっているなかを、息子がずぶぬれになって、重たい銃を曳きずりながら、どっかを歩いている。その息子を父と母があてどなく探している。そんな夢ばかりを見ながら、不安な夜がやっと明ける。そして

雨はやんでゐる。
息子のゐないうつろな空に
なんだ。糞面白くもない
あらひざらした浴衣のやうな
富士。

で終る。私自身は富士が好きだが、こう真正面に悪態を言われると共感するから妙なものだ。白粉を塗られ口紅をつけられ女の子の着物で髪は稚児髷、そんな幼年時をすごした男が「富士」のような詩を書くのだから正に怪物である。

序でに人があんまり知らないことに就いて触れてみたい。金子光晴は「歴程」の準同人だった。高村光太郎も尾崎喜八もそうだった。（もっとも尾崎はあとで同人におっこってきたが）

世間一般の常識では準同人と言えば同人よりもひとケタ下のように解釈されているようだが、「歴程」の場合はその逆で、私自身を単位にすれば八歳と十歳と二十歳年上の先達であり、遠慮と尊敬から同人になってもらうには少しばかり気の毒で勝手に準同人になってもらった積りだった。

戦前に金子光晴が「歴程」に書いた詩は（岡本喬のバックナンバアの記録によれば）「詩にかへて」という詩、「塀」「おでこのマレイ女に」「薨」紀行記「鐵」の二回に亘る連載、「くだらない感想」「〇」などの随想など。なお、岡本の記録では六冊分がぬけているが、その六冊にも金子の詩などが載っていると思われる。（同人岡崎清一郎が通しナンバア全部を持っていることがあとで分った）

戦後の「歴程」にも「随想」「雑文」など十三回が掲載されている。

（ここまで書いたら、この山ソなかに帯に「遺著」と印刷されている森三千代との合著エッセイ集『相棒』がおくられてきた。その跋の一部に金子は書いている。

「二人の二人三脚的随筆は、うまく走ろうが、ころぼうが、知ったことではない。よむ人は、おかしければ笑うし、腹が立てば、腹を立てればいい、しかし、それほどのことはあるまい。元来、そんなに立派な文章をかく人間たちの随筆ではないから、タメになるようなこともない。その代わりに、きらくだ。」

その、自分を突き放したような、ふてぶてしさ。モンスターの仕業である。

（一九七五・七・二二　天山文庫にて）

（『海』一九七五年九月号）

地獄の見世物としてのパリ——金子光晴

田村隆一

紀元前一世紀のころ、ルティティアという寒村があって、この村に、ケルト人の一種族パリシー人と呼ばれる土人が住んでいた。前五八年になると、カエサルのガリア遠征がはじまって、この村にも、ローマ文明の波がうちよせる。ローマ人が移住するようになって、村は町らしくなり、つまり、文明の法律と制度が土人の部落からタブーを追放して、都市化することになるのだが、四世紀からは、ゲルマン民族の侵入によって、高地に散在していた土人部落は、セーヌという河の中央部にあるシテ島の周辺地区に結集することになり、やがて武力侵攻にそなえて城壁を築き、六世紀にはフランク王国の誕生、そして土人部落の結集地域は、その首都パリとなる。中世には、カトリック教会とスコラ哲学の大学町となり、十六世紀に入るや、イタリア・ルネッサンスの影響によって、かつての土人部落に、ギリシャ、ラテンを源流とする人文主義の花が咲きみだれ、宮廷とブルジョアジイたちは、ルネッサンス様式の文化を享受する。そして、ご存じ近代は、フランス革命と王政復古、ロマン主義の高潮とともに、一八三〇年の七月革命。

この不毛の革命も、土人部落に、ガス灯をともさせ、鉄道を敷き、乗合馬車を走らせ、新聞や雑誌を発行させることになる。

一八七〇年の普仏戦争によって、いまのパリを造りあげたナポレオン三世はプロシャに敗北、大殺戮のパリ・コンミューンをへて、第三共和制に入ると、パリは、文字どおり花のパリになって、一八八九年には、エッフェル塔の建設とともに、大博覧会がもよおされる。ヨーロッパ大陸の産業革命の成熟過程における「進歩と文明」の見世物で、この見世物の行きつくところが、第一次世界大戦と第二次世界大戦だったのは、二十世紀最大の皮肉であり、「破壊と原罪」の大見世物だった。さて、第二次大戦後は——?

ところで、一九一四年夏、第一次世界大戦が勃発して、花のパリがツェッペリン伯の飛行船で、のんびりと空襲される、ほぼ七年まえ、つまり一九〇七年（明治四十年）の七月に、日本の青年紳士が、ニューヨークの銀行からリヨン銀行に転勤になって、花のパリに立ちよるくだりがある。この青年は、フランスの文化と文学に心酔している「詩人」である。ちなみに、明治四十年は、わが近代日本が、自国製の軍艦で、列強中の列強、ロシア皇帝のバルチック艦隊を、日本海で撃滅した年の二年後にあたる。

あゝ巴里よ、自分は如何なる感に打たれたであらう。有名なコンコルドの広場から並木の大通シャンゼリゼー、凱旋門、ブーロンユの森は云ふに及ばず、リボリ街の賑ひ、イタリヤ広小路の雑沓から、さてはセインの河岸通り、又は名も知れぬ細い路地の様に至るまで、自分は見る処到る処に、つく〴〵此れまで読んだ仏蘭西写実派の小説と、パルナッス派の詩篇とが、如何に忠実に如何に精細に此の大都の生活を写して居るか、と云ふ事を感じ入るのであつた。

仏蘭西の都市田園は仏蘭西の芸術あつて初めて仏蘭西たるの観がある。車の上ながら自分は遠い故郷の事、故郷の芸術の事を思ふともなく考へた。吾々明治の写実派は、それ程精密に其の東京を研究し得たであらうか。既に来るべき自然派象徴派の域に進む程明治の写実派は円熟して了つたのだらうか……。

（永井荷風「ふらんす物語」より）

さて、それから、ほぼ四半世紀ちかくたった、一九二八年（昭和三年）に、「無職」の日本人が、手ぶらで、マルセイユの波止場にはいあがり、パリにやってくる。もっとも、この日本人は、第一次世界大戦直後の二年間、花のパリとベルギーに遊んでいて、フランス象徴詩、ベルハーレン、ボードレールの耽美的高踏的な詩的世界から、まるごと影響をうけただけあって、帰朝後、大正十二年に、青春の自負に輝いた『こがね蟲』という詩集を出版している。その自序に曰く――

余の秘愛『こがね蟲』一巻こそは、余が生命もて賭《かけ》した贅沢な遊戯《あそび》である。倡優《しやういう》の如く余は、『都雅《みやび》』を精神《こゝろ》とし、願はくば、艶《つや》白粉、臙脂の屍蠟とならうものを……。

二十七歳の青年に、こんな気負った自序を書かせ、「贅沢な遊戯」を教えこませたのは、まぎれもなく、カトリックとルネッサンス・イデオロギーとの結晶物であるパリという都市であり、西欧文化の華麗なる見世物だったことには間違いない。だから、このとき青年は「詩人」だったのである。

ところが、それからたった五年ののち、昭和三年、青年が三十二歳のとき、「おれは、詩人を捨てちゃったんだ」。つまり、フランス象徴派の詩がピンとこなくなって、青年は、「詩」と「詩人」から訣別するのである。あれほど耽溺していたフランス象徴詩の世界がピンとこなくなったのは、青年の内的世界が変質したためなのか、日本の「近代」が急激に変化したためなのか。青年は、「詩」と「詩人」から切れることによって、プロレタリア文学とモダニズムの芸術運動とに占有されてしまった昭和初年代の「日本」からも、まったくの手ぶらで、切れることになる。ちなみに言う、青年が日本を脱出した昭和三年は、日本共産党の大検挙の年であった。

青年には、森三千代という妻があった。夫婦で、日本脱出を決意するが、東京から名古屋まで行く旅費しかない。それでも、彼らは決行する。「文学のために旅行したわけ」ではない旅行。大阪、長崎、上海と旅費を工面しながら、香港、シンガポール、ジャワ、マレー（シンガポールで、細君一人だけのパリ行の船賃の工面がやっとつき、彼女だけを先行させる）、それから青年は、自分の船賃を工面するために、マレー半島や蘭領東印度諸島の「自然」に深入りすることになる。このとき、青年に金がなかったことと、ジェット旅客機がなかったことを、青年とともに、ぼくらは神に感謝しなければならないだろう。

なぜなら、青年は、東南アジアの自然と共同体とに深入りすることによって、「近代国家」いいかえるなら、パリの万国博覧会の展示国である「先進工業国」によって制圧されつつある「自然」と、人間存在を根底から侵蝕する「自然」を、自らのノートに活写することによって、近代世界の原罪を、搾取と被搾取の構造を、白色と黄色のナショナリズムを、そのエゴイズムを、骨の髄から経験することになるからだ。

さて、一年がかりで、やっとマルセーユの波止場にはいあがった「無職」の日本人の目に、パリは、どう、うつったろう――

――ヨーロッパに来たな。

という実感が、初めて惻々と胸に迫って感動となった。……うすい霧もやのなかへ、消えてゆきそうな枯林のなかを走りぬけると、パリは、もうそれほど遠くはなかった。ガール・ドゥ・レスト（東停車場）に着くと、煤烟で煤けた停車場のガラス張天井のがらんとした構内を、いつのまにか、四人の中国人とも別々になって僕はあるいていた。駅前のオテル・ドゥ・ガール・ドゥ・レストの路に張り出した卓に腰をおろし、フランス人の常用するちいさの根の入った、強いくせになごやかな味のキャフェ・ナチールを疲労と睡眠不足の気つけ薬として、しみじみと味わった。さて、これから、どうしたものか。彼女（先行した妻――田村註）がパリのどのへんにいるかもわからない。

明治四十年七月の銀行員の眼にうつったパリと、昭和四年の年の暮まぢかの無職の青年の眼にうつったパリと、なんという大きな違いだろう。しかも、二人とも、フランス象徴詩、なかんずくボードレールのパリに、深い憧れと畏れを抱いている青年たちなのだ。近代日本における「明治」と「昭和」のちがいなのか、「銀行員」と「無職」のちがいなのか、それとも、パリそのものが、第一次世界大戦によって変ったのだろうか――?

青年は、セーヌ左岸にあるモンパルナスの、小さな部屋貸しホテルの四階に、妻が住んでいることを、やっとのことで、さぐりあてる――

狭い階段をあがってゆくと、ドアが二つあったが、くらいので部屋の番号がよめない。構わず、一つのドアをノックすると、『誰ですか』と答えたのは、まちがいなく彼女であった。

『僕だよ。金子……』

と答えると、

『来たの？』

おどろいて立ちあがるような気配だった。

——誰かいっしょにいるのかもしれない、とおもったので、僕は、早速に手を掛けたドアの手を離して彼女が誰かと一緒にでもいたときのばつの悪さを考えて、一度念を押して、

『入っても、大丈夫なの？』

と訊ねた。

これが、シンガポールで別れた妻とパリで再会する導入部である。このスリリングな導入部は、青年とパリとの再会と二重映しになっているような気がしてならない。かつて青年は詩人だった。そして詩人とパリとの蜜月時代。やがて、青年は「詩」を捨てた。詩を捨てた手ぶらの青年が、灰色のパリにおずおずと訊ねる——「入っても、大丈夫な

の?」

むろん、パリは青年を迎え入れてはくれるが、夜空を彩る華かな万国博覧会や肉の香りのする象徴派の詩集のように、コケティッシュなものではなかった。だって、青年は「詩」を捨てた「無職」なんだもの。無職、その日のパンにありつくために、男娼以外のあらゆる労働——留学生の論文代作、日本人会名簿の代金取り立て業、行商、額縁づくり、駐在武官や大使館相手のたかり、売り絵など——をしなければならなかった青年の眼には、パリは、絶好の地獄の見世物だった。彼は「詩」を捨てたおかげで、観光客や官費留学生、銀行員、外交官、美術研究家などには絶対に見られない、パリという地獄の見世物を、ひとりで、愉しむことができたのだ。その地獄の見世物だって、東南アジアで養ってきた目がなかったら、その陰惨なショーを愉しむわけにはいかなかったろう。

このショーの入場券は、こうだ——

東洋ではともかく、西洋での身の詰まりかたは、さすがに個人主義国だけに凄まじいものがあった。破産者は遠慮なく自殺した。敗者が生残れる公算がないからである。

地獄の見世物といったって、ショーだから、はなやかな場面もある。

ジプシーの箱馬車は、並木通りに何台もつながって、興行中も、彼らはその車のなかで生活していた。……男たちは色が黒く、背が小さくて狡《ず》るそうにみえるが、女たちは髪が黒く、欲情が激しく、力が強く、殺しても煠いろの皮膚を割って、新しい白《しろ》肉《み》がぷりぷり盛りあがって来そうである。がまんのならない悪臭とか、軟膏をつけた膿んだ創口《きずぐち》をおもいがけないところにかくしもっていそうだった。

青年は、ジプシー女を活写しながら、いつのまにか、パリのネガを現像することになる。地獄の見世物は、みんな、ネガだ。毎日のパン代を稼ぐのに疲れはてた青年は、ジプシー女の肉体を観察しながら（青年自身、ここでは色が黒くて背のひくい、いかにも狡るそうなジプシーの男に変身している）、こんなことを考え出す——

たった一つの活路は、現に人に噂されている通り彼女（妻——田村註）を適当な男をさがしてゆずり、じぶんも身軽になって帰ることであるとおもうようになった。贅沢は言えない。女は元来一人のこらず娼婦で、世の夫婦という関係も、女にとって活計のたのみとするあいてが一人だというだけのことである。

青年はまた、日本にいたときから、見世物のファンで、娘手踊り、改良剣舞、大魔術、因果物、衛生博物館、生人形《いきにんぎょう》、地獄極楽のぜんまい仕掛などの目ききだったから、パリという地獄の見世物についても、するどく分析する――

フランス、とりわけパリ人のふしぎなことは、彼らが派手好きで、にぎやかな人間のくせに、財布の紐の結び目のかたいことと、世界のローカルなものを幅ひろく受入れて、じぶんをゆたかにする術をこころえていることである。頑固に自己をまもりながら、貪婪《どんらん》に他人の栄養を摂取して、千様の表情の変化を創り出す自在な能力をもっていることである。……たしかに老娼の手くだに捕われて、ゆくもかえるもできないで、ひたすらパリの土となり、融《と》け込んでゆくことを最後ののぞみにして酔生夢死するエトランジェの生きる体臭でむしむししているところであった。そして、それは丁度、第一次世界大戦と、第二次世界大戦とのあいだの、あま皮がまだ固まらない、ひわひわした男の時代、女の世紀であった。カルメンの産褥の熱っぽさと、越南《ヴェトナム》のトンキン・デルタの泥の臭気とが、ヘルメット族の干枯びた古創から蒸れかえり、明日の望みの少い、鎮圧できないヨーロッパの若者たちのいのちが血が、革命一つにつながって、むなしくたぎり立っていた奇妙な季節でもあった。その季節の裏返しとして、花のパリが存在していた。

そのいきの臭えこと。
くちからむんと蒸れる、
そのせなかがぬれて、はか穴のふちのやうにぬらぬらしてること。
虚無《ニヒル》をおぼえるほどいやらしい、
おゝ、憂愁よ。

そのからだの土嚢のやうな
づぐろいおもさ。かったるさ。
いん気な弾力。
かなしいゴム。
そのこゝろのおもひあがってること。
凡庸なこと。

菊面《あばた》。
おほきな陰嚢《ふぐり》。

鼻先があをくなるほどなまぐさい、やつらの群衆におされつつ、いつも、
おいらは、反対の方角をおもってゐた。

やつらがむらがる雲のやうに横行し
もみあふ街が、おいらには、
ふるぼけた映画《フィルム》でみる
アラスカのやうに淋しかった。

——「おっとせい」より

青年は、パリという地獄の見世物を愉しんでから、ふたたび東南アジアをさ迷いながら、昭和八年に、日本にたどりつく。

三十二歳（昭和三年）から詩集『鮫』が刊行される四十一歳（昭和十二年）までの十年間は、青年が「詩」と「詩人」および近代化の嵐にさらされている昭和日本と訣別することによって、きわめて自覚的な「単独者」となり得たもっとも重要な、そしてもっと

も苛酷な時期であった。青年は、三十二歳で「詩」と切れることによって、あらゆる皮相的な芸術運動や流行の美学から、身を堅持することができた。彼は昭和初年代の「日本」の真の運命を予見する「乾いた目」を、東南アジアの自然と、パリの人工的な地獄の見世物から学びとることができた。すなわち、語の厳密な意味において、彼は、真の「詩人」にならざるをえなかったのである。

昭和十二年八月五日、日中戦争が勃発したほぼ一ヵ月後に、現代詩のエポックともいうべき詩集『鮫』を人民社より刊行する。その自序に、金子光晴は次のようにさりげなく書く――

一言、鮫は、南洋旅行中の詩、他は帰朝後一二年の作品です。なぜもっと旅行中に作品がないかと人にきかれますが僕は、文学のために旅行したわけではなく、塩原多助が倹約したやうにがつがつと書く人間になるのは御めんです。よほど腹の立つことか、軽蔑してやりたいことか、茶化してやりたいことがあつたときの他は今後も詩は作らないつもりです。

「詩」から切れて、詩を書きはじめた詩人の動機は、じつに簡明直截である。

もつと大きな失望がある。それは、誰もがひそかにたのしみにして待つてゐた
地獄のみせものが、なくなつたことだ。
地獄が廃止になつたわけは、人の所業に償ひがいらなくなつたからで、
そんな仕儀にいたつたのも、どの罪も、人間や、人間のつくつた神仏では裁きが
つかぬほど、はてしもしらずこみいつて、その底がふかく、大きくなるばかりだか
らだ。

――と、詩人は晩年の詩「泥の本」のなかで歌う。思えば詩人は、パリという地獄の見世物を見て以来、その乾いた目で、泥と水だけになってしまった流動的な世界を、ジロッと眺めてきたのだ。たしかに、第二次世界大戦後の世界には、地獄の見世物はなくなって、泥と水の混成物にすぎなくなったけれど、人間が単独者であり、乾いた目さえもっていれば、「地獄」を発見することは可能なのである。

(『紀行全集――世界体験6』(河出書房新社)一九七八年二月/
『田村隆一全集2』河出書房新社　二〇一一年二月)

Ⅳ 金子光晴を旅する

螢の樹《カユ・アピアピ》

奥本大三郎

1

『マレー蘭印紀行』は金子光晴のクリームである。そしてこれは単に金子光晴の最上質の部分というよりも、東南アジアについて日本人が書き残した中で、最も秀れたものであると思われる。

年譜によると、金子は昭和三年、三十三歳の年に、妻森三千代を伴ってパリに向っている。

目的地はパリであっても、まず東南アジアの日本人社会の間を駆けめぐって、パリ行きの旅費、滞在費を掻《か》き集めなければならない。上海、香港を経由して、シンガポールに着く。錬金の術は、絵を描いて日本人クラブ等で展覧会を開くことである。当時は絵描きが、渡欧の途上で展覧会、というより展示即売会を開いて旅費をつくったりすることが、それほど珍しくなかったらしい。金子は上海、香港でも同じことをして、ここまでたどり着いたのであった。シンガポールに二ヵ月ばかり、バタビヤに半歳、そうしてやっと一人分だけ、パリまでの旅費が出来た。それで森三千代一人を先に発たせることにして、自分はマレー半島でもう少し稼ぐことにした。

　ひとりになると淋しくはあるが、一面気らくでもあった。僕は白服に中折帽子でスーツケース一つ提げて、ジョホール水道をわたり、邦人ゴムと石原鉄鉱の集散地、河口のバトパハまで、車を走らせた。熱雲のした、白枯れた椰子林や、はてしないゴムの栽培林をつきぬけてバトパハに着くと、川蒸気でセンブロン川を遡った。センブロン三五公司第二園に滞在し、さらに、スリメダンの石原鉱山を訪れ、大小数ヶ所の、川すじのゴム園事務所を泊りあるいた。僕はそこで泊って、もとめに応じて、肖像や、風景を描いて稼ぎながらあるく「旅絵師」というものになっていた。（『詩人』）

　この南方の旅の間中、「文学などにははじめから無縁なもののように、殆ど郷愁すら湧かないで過した」と言い、また「僕の眼がみたものは、めずらしい南方の風物ではなく、血ボロをさげた原住民のみじめな生活だった」とも自分では言っている。しかしスコールを頭からかぶりながら、熱地の旅をつづけていても意気軒昂《いきけんこう》だったという彼の目が、南方の自然と人、すなわちマレー系の人種と華僑、そして在留日本人を公平にじっと見ていたことは、なによりも『マレー蘭印紀行』一巻が証明している。かつてのベルギー、フランス生活の経験から、ヨーロッパが既に自分にとってもうわかり切った場所だった、という金子は、二年後の帰途に再び一人でマレー半島の奥に入って行く。

そこの原始的な自然は、なによりも僕の苦渋にみちた心を解放してくれた。人間のくらしも素朴だった。ニッパ椰子のさやぎや、巨嘴鳥《きょし》の叫び、野猿の哀傷にみちた呼び交わしなどをきいて日を送った。僕にとっては、故国以上のなつかしい日々だった。そのあいだに、僕の詩がまた、はじまった。（『詩人』）

『マレー蘭印紀行』は、昭和十五年の刊行ではあっても、昭和七年の帰国後ただちにノートに書き始められている。また始まった彼の詩とはすなわちこれである。

若くして義父の遺産を相続し、使い切った金子光晴の浪費、金が無くなってからも同じように続けられた生命の浪費は、つまり浪費ではなかったのである。一つの童話を思い出す。「海の底の砂を取っておいで」と神に命ぜられた天使が、幾度やっても海底から浮び上る途中で、手の中の砂が流れ出してしまう。困惑しきって泣いていると「よしよし」と神は言って、爪の間に入っていた砂粒で天に星をちりばめた、という話である。

いいもとがかかった贅沢きわまる散文詩集という気がする。

金子は南方の風物と人、その美と醜を公平に見る。温帯に住む潔癖症の日本人が、本来嫌悪し、恐れるもの、すなわち熱帯の腐敗、糜爛《びらん》したもの、すえたもの、ぬるぬる、べとべとしたものをも凝視する。しかし彼の描き出す美は、博物学者らが熱帯の虫や鳥やトカゲ、ヘビに感じる蠱惑《こわく》では、無論ない。金子光晴の美は、いわば「汚いもの見たさ」の嵩《こう》じたものである。

人間に対する彼のやさしさもまた、嫌悪すべき、おぞましい同類への反感、憤怒がたかまり、「このばか野郎」と怒声を発したあと訪れる、逃れようのない、自己嫌悪にも似た静かな悲哀に発している。

彼はまず川を描く。川は森林の中の道路であり、人間の生活の場である。

森かげの川のながれは、みどりを冠って、まだ熟れぬピーサン・イジョウ（青いばなな）のごとく若い。

わが便乗する遡江《そこう》船が、機関《エンジン》のひゞきを谺させて、あたらしい象牙紙で水を切るように、ふなべりを川上に進める。水は、あおりをうけ、両岸のねじくれたマングローブのあいだや、アダン類をひたした灌木のなかで、猪口をかえすような波を立てる。枝から枝へ、翡翠《かわせみ》が翔ぶ。ものの気配をさとって大蜥蜴の子が、木の根角から、ばさりと水に墜ちる。

下流の感情は低く、落魄であり、上流のなさけはこまやかで、妖女の化粧よりもきれいである。たやすく人の眼にふれることを怖れて、いたずらに明眸皓歯の女《ひと》のような、きよらかななかなしみに身を澄ませて。

それから川の「泥と、水底《みなぞこ》で朽ちた木の葉の灰汁《あく》をふくんで粘土色にふくらんだ水」の中に直立しているニッパ椰子《やし》を描く。

十一月、雨季満水のころには、ニッパは水のおもてに、ペン先ぐらいの細葉の突先《とっさき》を立てる。だが、乾季には、恥しいところまでも剝ぎとられ、根まで乾れあがり、ひゞ入った鉛色の泥中にのめずり込んだり、倒れたり……大魚の胴骸《どうがら》に似て半ばそのなかに埋まったりして。ふといやつの根元は肥えふくれて、青磁の大花瓶を抱くようだ。その鋭い葉が、穂先をそろえて二丈あまりも高く天を指さす。とんがりの先にさわって、空がぴくぴく痛がっている。（……）センブロン河の両岸の森は、世界の嵐など、すこしもしらず眠っている。ゴムは、何万エーカーの森林を征服したが、森の住民や、苦力どもは、ようやく生活の苦惨にあえぎはじめたが、森は、なお、身うごき一つしようとはせぬ。

そして、川は放縦な森のまんなかを貫いて緩慢に流れている。水は、まだ原始の奥からこぼれ出しているのである。それは、濁っている。しかし、それは機械油でもない。ベンジンでもない。洗料でもない。礦毒でもない。
それは、森の尿《いばり》である。

ゆっくりと流れて下って行く川のリズムがある。詩人はその流れの上を舟の行くままに遡行してゆく。

迂曲転回してゆく私の舟は、まったく、植物と水との階段をあがって、その世界のはてに没入してゆくのかとあやしまれた。私は舟の簀に仰向けに寝た。さらに抵抗なく、さらにふかく、阿片のように、死のように、未知に吸いこまれてゆく私自らを感じた。

「阿片のように」「死のように」と金子はうたう。そしてこの引用に続く部分には「深淵」という言葉さえ用いられている。この部分は明らかにボオドレールの口調である。「未知」はフランス語の inconnu に違いない。それは『悪の華』の最後に置かれた詩「旅」の最終行、

「未知」の奥底に新しきものを見出すために！
Au fond de l'Inconnu pour trouver du *nouveau*！

の重要な語である。しかし「未知」という概念について、ここでボオドレールに即して深く追求する必要はないかも知れない。金子がフランスの大詩人から学んだものは醜の中に美を発見するという、一種の唄い方であろう。しかもその感覚の方はもともと彼の中にあったものなのである。

ついでに言えば金子光晴とフランス詩というのは比較文学のテーマになるだろう。彼自身は第一回のベルギー、フランス滞在のあと、二十八歳のときに刊行した『こがね蟲』について、これはゴーチエから象徴派末流までのフランス詩の影響をつよくうけたものである、と語り、また、

「多くの批評家が言うように、今日に適応した僕の近作の方が、『こがね蟲』の詩よりもすぐれているとは今猶、早計にきめてしまえないことだとおもう。『こがね蟲』には、青春のヴァニテーがある。青春のヴァニテーというような問題を、功利的な立場からきめつけることは、今日までの健全な社会が敢えてしてきた過誤であって、最後の審判の日にはじめて、はっきり裁かれることであろうとおもったものだ。」

と、何となく力んだ書き方をしている。

試みに金子光晴の詩集をぱらぱらとめくって、フランスの詩人の影響とおぼしきものを拾ってみると、たとえば詩集『鮫』の「泡」にある、

天が、青っぱなをすゝる。

という一行が目にとまる。これは詩人が意識的であったかどうかは別にしてランボオの「酔いどれ船」に由来するであろうし、『人間の悲劇』の「No.6――ぱんぱんの歌」の冒頭、

ぱんぱんが大きな欠伸をする。
赤のO
Oのなかはくらやみ、
血の透いてゐる肉紅の闇。

は、やはりランボオの「母音」の、一つの解釈のようである。

『マレー蘭印紀行』でも、霧の中を飛び交う燕を描写した、

霧のなかへ投げた梵字。
むすばれては、するするほどける草書《くさがき》。

というところは先の「空がぴくぴく痛がっている」と同様、ジュール・ルナールの流儀であると言えるだろう。ボオドレール調もまた「青春のヴァニテー」である。

しかし『マレー蘭印紀行』の詩人は青春のヴァニテをわずかに残しながらも、その声音は、老成している。阿片のように、死のように、未知に吸いこまれてゆく、気の遠くなるような感覚の中でも、彼は前方を落着いて見据えている。胆がすわっているのである。

……未知に吸いこまれてゆく私自らを感じた。そのはてが遂に、一つの点にまで挟まってゆくごとく思われてならなかった。ふと、それは、昨夜の木菟《みみずく》の眼をおもわせた。おもえば、南方の天然は、なべて、ねこどりの眼のごとくまたゝきをしない。そして、その眼は、ひろがって、どこまでも、圧迫してくる。人を深淵に追い込んでくる。

たとえ、明るくても、軽くても、ときには洗料のように色鮮やかでも、それは嘘である。みんな、嘘である。

2

暑い国の夕方の散歩は楽しいものである。スコールがあって、急激に気温が下がり、植物がびしょ濡れになって蘇生《そせい》したように見える頃、水浴をすませて外に出る。金子光晴は単純で美しいマレー語の響きをとり入れながら熱帯の風物を描いてみせる。氷店《アエ・バトー》、軒廊《カキ・ルマ》、干魚《イカン・キリン》、蛍の樹《カユ・アピアピ》、焼き飯《ナシ・ゴレン》、召使い《ジョンゴス》、影絵芝居《ワヤン》、混血児《スラーニー》。ペンゲラン、スリメダン、バトパハ。

そゞろあるきのかえり路には、きまって市場のなかに店をひらく総菜屋のなかへ入っていった。一日のうち、もう一度、午後二時頃にもここへやってくる。その時刻には、総菜の店は取片付けられていて、車屋台のうえでまんじゅう屋が商売《あきない》をしていた。蒸籠をあげ、なかのふかしたてのまんじゅうを、布袋和尚のようにふとい腹をつき出したおやじさんが、とり出して並べてくれるのを、苦力と一緒に、竹を曲げてつくった小床几に腰掛けて待っている。脂のように茶さびでくすんだ小茶椀に、さめた渋茶をびしょびしょとしたゝらせてくれる。おやじさんのふとい横腹には、いちめんに白《しろ》癜《なまず》がひろがっている。

親兄弟とでも、一つの皿のものを箸《はし》でつつきあったり、食べかけのものを食べたりすることは嫌だという潔癖症の金子が、バトパハの屋台ではあらゆる不潔をむしろ楽しげに許している。日本でこういう店を見たらたちまち逃げ出すところだろう。

総菜屋はおなじような店が幾軒か並んでいたが、私の足はきまって、その一軒にむき、私の坐る床几も、表寄りの角のところときまっていた。

新錦興

山水茗茶
飽餃点食
時飯時粥
中西美菜
炒煮常飯
炒煮麵条
十景米粉

たしかにこういう汚い屋台店に限ってうまいものを出す。鍋《なべ》一つ、釜《かま》一つ、というような簡単きわまる道具を用いて、Tシャツ一枚の親父《おやじ》などが、ことことと作って出す無造作な料理を食ってみると、大袈裟《おおげさ》なピカピカの厨房《ちゅうぼう》設備をそなえているくせに、湯に醬油《しょうゆ》を差しただけのようなスープを出す東京の中華料理店などは、まったくなにをしていると言いたくなる。

この中から私なら何をとるか。といっても漢字を判読するだけなのだが、左はしの五目汁ビーフンらしきものにしようと考えて、先を読む。

汚点だらけな古いのれんに黒字と赤字で書いてある文字をよむかっこうをしていると、半裸体のいつもの小僧が、顎を前に突き出して、親しみの挨拶のかわりにした。私が註文をするまでもなく、小僧がこゝろえていて、料理場の方へ米粉一椀を通してしまいそうなので、一応、あわてて私は、小僧を呼びつけなければならなかった。小僧をそばに立たせて、しばらく沈思した揚句、なんということはない、いつもの通り米粉を命じるのであった。

ながい竹の箸、醬油つぎ、ちりれんげ、薬味の胡椒、青唐辛子の実、卓のうえに小僧が、いつもの品々を、いつもの位置に、ぞんざいにおく。

熱い湯気をたてて、大きな米粉の丼を小僧がはこんできた。

いつもの通りの米粉——かわったところといえば、丼のなかに入れてあるものが、その日その日の魚菜で、そのために湯の味わいにもすこしの変化のあることであった。

私は丼のなかから竹箸で、一つ一つ菜をさがしてつまみあげた。

青菜、鋸形に切った豚の肝臓、白身のそり反った魚片《イカン》、灰色のまるい貝殻が、パクッと口をあいている。それから、私は、はさみあげて、すてることができないでいる小指位な小さな烏賊。子供がいばりくさったように足をみんなそとへそらせて、その足には、目にみえない先っぽまで、小さな疣《いぼ》が行儀よく、ぎっしりと並んでいる。

「坊や」

四歳のとき日本へのこしてきたまゝ、足掛五年あわない子供にめぐりあった気がした。小さなぐりぐり頭が目の先にうかんでくる。

「父ちゃん。なぜ、かえってこないんだ」

玩具刀をふりあげて、いう声までがきこえてくる。

私は、その烏賊の子を挟んだまゝ、ひっくりかえした。子供に共通な、おどけた愛らしさにほゝえみながら、私はパクリとそれを口に放りこんだ。なにかが、歯にかかった。つまみだしてみると、鳶色がかった烏賊の嘴である。くいあっている上嘴と下嘴、子供のころ、その一方を鳶と呼び、一方を烏となづけた、それに似た形をしているのである。烏賊がちいさいので、見分けるのが困難ながら、鳶も烏も、そっくりの形をして、まぎれもなくちゃんと抱きあっているのであった。

実に何遍読んでも可笑《おか》しくて悲しい。

戦前書かれた普通の人の手になる普通の東南アジア紀行文に、こういうおかしみはない。誰もが自然に愛国者になり、南進論者になった時代には、深刻な、異常興奮ぎみの文章が、無数に書かれている。金子の文章はその中ではまさに異数である。時局には無関係の、非国民のユーモアと悲しみがある。金子光晴の永遠の目がある。

そうしてまた戦後書かれた、現地人の視線ばかりを気にし、戦前、相手に自分の気持を押しつけたのと同じ分量だけ、相手の非難に自分一人だけが先まわりしようとするような、あるいは逆にあっけらかんとして無神経であったりするような東南アジア観光の文章とは類を異にしている。

そうしてこれは、何よりも金子光晴自身が晩年に書いた三部作『どくろ杯』『ねむれ巴里』『西ひがし』等の文章と違っている。後者には、ともするとなげやりな老人の、詩才の残りをぶちまけた口から出まかせの語り口があり、白蛇の精、白娘子《はくじょうし》のようなサーヴィスも用意されている――それは嘘である、みんな嘘である。『マレー蘭印紀行』にはみずみずしい青春のヴァニテが輝いており、キハッ性の詩情が、見事に定着されている。これこそは詩才をふんだんに有する一人の男が、生命をすりへらした後に、僅《わず》かにその手の中に残った砂金なのである。
それにしても、詩人なぞを父親に持ったら、それこそ災難である。
(『すばる』一九八三年八月号／『本を枕に』集英社文庫　一九九八年九月)

空白の海を越えて

小林紀晴

二年半前の秋、僕は長崎から上海行の船に友人と乗った。その半年ほど前に、長崎〜上海間の航路が復活したという小さな記事を新聞で見つけたからだった。そこには、定期航路が五一年ぶりに復活したと書かれていた。昭和十八年まで、客船の長崎〜上海航路は存在していたのだ。そのことを僕は友人に話していた。そして、僕らは一緒に乗ることにした。

僕は長崎から上海に船で行ってみたいと強く思った。何故、そう思ったのか。その理由のひとつに金子光晴の存在があった。『どくろ杯』の中で、彼は長崎から上海へやはり船で向かっていた。

僕らが乗った船は週一便だけで、さらには貨物船におまけのように客室がついただけの貨客船だった。閑散とした埠頭に停泊した船の前に現われたのは、十人ほどの日本人と、その倍の中国人の姿だった。

ひとつ年上の友人は港へ向かう車の中で、

「『どくろ杯』持ってきたよ」

と、ぼそりと言った。文章を書くことを職業とし、旅に関する文章をいくつも書いている彼にとって、金子光晴の存在はとても大きいもののようだった。僕はこの時、やはり金子の『ねむれ巴里』を持っていた。暗黙のうちに友人と僕にとって、この旅は金子光晴への旅となった。

東京から長崎までかかった旅費よりも安い片道一万九〇〇〇円の切符を手に、僕らは五一年の〝空白の海〟を渡った。午前中に出た船は当日を海の上で過ごし、翌日の夕方上海に着くことになっていた。

長い時間ずっと甲板に出て海を見ていた。金子の書いた一文が、僕をそうさせたのだ。

青かった海のいろが、朝眼をさまして、洪水の濁流のような、黄濁いろに変って水平線まで盛りあがっているのを見たとき、咄嗟《とっさ》に私は、「遁《のが》れる路がない」とおもった。

半世紀以上も前に金子が見た黄濁色の水平線というものが、今も存在するのだろうかと、単純に興味があった。やがて、眼の前にどろりと重く濁った液体の帯が現われた。僕はとっさに「大地の色だ」と思った。巨大な大地は大陸という固体だけではなく、液体の部分も内包しているのだ。その液体が惜しげもなくあふれ出していた。本当に膨大な液体の帯で、僕らの乗った船はやがて四方をすべてこの大地の液体に囲まれた。遠くに陸地が、表面張力を帯びたように膨らんでみえた。

友人と、僕はかつて日本人租界のあった魯迅公園付近を路地から大通り、さらに路地へと歩いた。

「日本人のたまりの虹口」と金子が書いた虹口という地区は、この辺りをさす。レンガ造りの長屋が幾重にも続き、建物の前には子どもを抱いた若い母親の姿や、ビリヤードに興じる青年たちの姿があった。さらに彼の文章にある北四川路と思われる辺りを歩くのだが、時間と空間の亡霊をつかむように曖昧で、手ごたえがなかった。

唯一見つけたものは、レンガの壁に貼られていた真新しい手書きの壁新聞だった。そこには一九四五年に神戸号という日本の船が沈んだということが書かれていた。何故、五〇年前の記事がここに貼られているのかと奇妙に思ったが、何かを爪でかすかにひっかいたという気もした。

上海の旅から一年後の秋、僕はパリの街にいた。さらに、上海を一緒に歩いたあの友人と会っていた。本当に偶然に。

僕がパリへ発つ少し前に、彼から電話があった。ある文学賞を受賞したという知らせだった。さらに、

「パリに行こうと思っている」

と、突然言った。

彼がそう思ったのは、かつて、留学していたパリで文章を書くことを始めたからだった。

「自分が書き始めたところに、もらった賞金で行こうかなと思って……」

パリの街で、彼はそんな言葉を呟いた。

僕は彼の言葉に、『どくろ杯』に書かれた金子の一文を思い起こさずにはいられなかった。それは、金子が上海を題材にした小説「芳蘭」を『改造』の第一回の懸賞小説に応募したというくだり。受賞したならば、金子はその懸賞金で妻子を連れて渡欧するつもりだった。しかし、結果は次点で、計画はあっけなく失敗してしまう。

僕は、金子は失敗してパリには来れなかったが、彼は成功して来たのだなと勝手なことを思った。そして、金子がかつて歩いた東の端と西の端に、はからずも僕らはこうして一緒に立ったのだなと思った。

（『太陽』一九九七年四月号）

金子光晴と森三千代を知らない

島尾伸三

裸足で三輪車を漕ぐ小柄でやせ細った男は、一九七四年十二月二四日、大声で笑う小柄な女、トランジスター・グラマーというやつです、と、写真機を宙に向けて撮影する、鼠笑いを浮かべる薄気味の悪い青年を乗せていました。

ニュートン・サーカスで大きなカバンを持った二人を見かけた時から嫌な予感がしていたので、声をかけられた時には断ったのに、それを全く無視して乗り込んで来るなり、北を指さして「GO!」と言うのです。

やけに短いスカートのトランジスター・グラマーは、人目など憚《はばか》らずに拡げた足を青年に絡ませ両腕でまといつき、青白い顔をにやけさせた青年ときたら、缶ビールを何本も持ち込んで乗せた時から飲みつづけています。

廃墟のようになったラッフルズを抜け、この当時は誰もがこのホテルはもう潰れると思っていたはずです、不格好な鉄橋を渡り、クイーンズ・ウォークで降ろそうとすると、こんどは西だというではありませんか。そうやって適当な間隔で止まりながら行き先を確かめているうちに、終点が街外れの丘の上のシャングリラ・ホテルだと分かった時には、それは、シンガポール市内を縦断することを意味していて、男は呆然としました。二人を乗せて漕ぐだけでも、体力を越えていて、かなりの決心が要るのに、です。

やかましく騒ぐ女はビールの空缶を辺りかまわず投げ捨てます。罰金のうるさくない時代でもあったので、街中がごみ溜のようでもありましたが。

しかも男のほうは途中で立ち小便をする体たらく。ベトナムの戦場にアメリカ兵が大勢やってくるようになってからというもの、休養にこの街へ来る彼らがアルコールだ、麻薬だ、女だと騒ぐので、その悪影響で若者の行儀は悪くなるばかり。

後ろの二人もそうなのです。男がボソボソと冗談を言い、女が声高に笑います。多分、二人はこの調子で四六時中くだらないことを言い合っているのでしょう。さっきも車夫のサドルと一体化しコの字になった足を指さして、その足では地上を直立歩行できないだろうとか、どこまでが三輪車の一部なのか判然としないなどと笑い転げ、細い腕をつまんで、これは車体のパイプでできているだとか、筋肉がすでに干し肉になっているとか、塩の利いたソテー味がするだろうと言って喜びます。二人の大袈裟な笑いと身振りで三輪車の車体が揺れ、その度に自転車のペダルのギザギザが素足に食い込み、痛みがはしります。

いくら勾配がなだらかだとしても、坂道にはちがいなく、気を抜いた途端にボロの三輪車は逆進し、転倒して、いとも簡単に壊れてしまうはず。だから、騒いでくれるなと再三頼んでいるのに、浮かれた二人には通用しません。

そういえば、乗り込むときにベルを壊されました。若い男が錆びたベルを摑んで乗り込もうと体重をかけたからです。街を縦断する長距離を一時間も漕いだような気がするのに、まだ終点が見えてきません。こんな無茶はこの仕事を始めて間もないころの何も知らない、若くて元気な時にやったくらいで、他の三輪車にこの迷惑な荷物をバトンタッチしたいのに、あいにく同業者のたむろする辺りから離れた道を走るはめになっているではありませんか。

南洋とはいえど、冬はうそ寒く、宿無しと区別がつかぬ程に破れ汚れた衣服で震えながらなのだけれど、家族がいる幸せと、その責任が男の唯一の支えです。

それにしても、若い身空でいい気なものだと、小さな丸いバック・ミラー越しに少し静かになった二人の客を覗き見ると、不器用に抱き合ったままです。そのままでいてくれたほうが有り難いと願った途端、また騒ぎだします。

卵の黄身のような太陽が西に半分以上沈みかけ、人通りのめっきり少ない辺りに来て、ようやく新築のホテルが丘の茂みの上に顔を出します。そこの敷地の入口らしき所で止めようとすると、玄関の正面まで行けと言います。気が引けたのですが、この二人が客なら心強くもあって、それではと、まだるっこしいロータリーを通り正面に乗り付けると、ドア・ボーイやベル・ボーイが四人もやって来て馬鹿丁寧に二人の手を取り、荷物を運びます。傍若無人の二人は、ここでも人目を引いているようです。それではと、料金を吹っ掛けてみると、平気な顔をして払ってくれた上に、これは奥さんの分、これは子どもの分と札びらをきるのです。ああ、来る途中で家族のことを尋ねられたっけ。あの女の笑い声の半分がドアの外のこちら、暗闇に三輪車を漕ぎ出す背中へ零《こぼ》れてくるのでした。

この時、金子光晴と森三千代の放浪を、青白い顔に鼠笑いを浮かべる薄気味の悪い若者だった私は、知りませんでした。無知で飲み助で、要するに馬鹿者だったのです。

(『太陽』一九九七年四月号)

金子光晴

福田和也

いかに詩を扼殺《やくさつ》するのか。

どのようにして、人は詩情を捨てることができるのか。

いやむしろ、このように問うべきかもしれない。ひとははたして詩を捨て、詩から脱却してしまうことができるのか。むしろ人間にとって詩とは、詩的なるもの、その感慨、叙情と呟《つぶや》きは、どうしようもなく我々につきまとってしまうものではないか。

かつて中野重治は、文学を捨てて政治運動に専心することを決意した時に『歌のわかれ』を宣言して「おまえは赤まんまの歌を歌うな」と云った。しかしその歌との決別の言葉こそがこれまで中野が口にした言葉の中でもっともかつ致命的に詩的であったように、詩はかくも執拗《しつよう》に人の言葉に、心に染みついてしまっている。

なぜ人が時に詩への別れを唱えるのか。

それは、詩が甘やかで柔らかな、タフタのヴェールを現実にかけてしまい、しっかりとくるいなく認識をすることを、容赦《ようしゃ》なく感触を摑《つか》みきることを、不可能にするからだ。

だが、にもかかわらずもっとも決然とした認識の試みに際して、詩は執拗なその姿をあらわしてしまう。それはどうしても私たちが、人間が、ぎりぎりの現実と直面できないという宿命を、弱さを示すものにほかならないのだろうか。

もっとも詩的な街、パリ。十九世紀においてバルザックからボードレールまでの文学者たち文飾と詩歌によって、厚く濃く塗り込められた場所で、若き金子光晴は、世界中の歌う心を引きつけずにはおかないこの都市の魔術にたばかられず、ぎりぎりの徒手空拳で生き抜くことを決意する。

楽しい目つぶしにあって、しばらくのあいだ若者たちは、本当は金しか助けにならない、あいそづかしなこの国、この街にいるうちに、いつしかうかうかと、他人の恋愛をみてじぶんのことと錯覚してくらしていることもできるかもしれないが、なんたることだ、なに一つ、ここには素通しな人生はないではないか、とわかりだしたら、もう一刻も滞在できたところではない。よく考えればここは、ぴんからきりまで、観光用にできた場所にすぎない。ローマでも、マドリッドでも観光地に変りがないが、たいてい人は、そこを通りすぎてゆく。パリでは、それだけのことですまなくなり、分際を忘れたものが芸術家になろうなどという野心を起し、滞在の期限がきれたのも忘れてかえりの旅費もなくなったはてが、乞食になるのだ。

はじめから乞食でも、泥棒でもやっていいつもりでマルセイユの港に匍《は》いあがった僕のような人間は、ちょっとちがう。そのうえ、それまでは、芸術などにかかわりあっていた僕は、パリの街に住みつくなり、芸術など、じぶんにとっておよそ無縁なことにさとりをひらいた。一度、無縁とわかれば人は、ふりむいてもみないものだ。生れかわった僕は、絹ごしの空気でなくても、結構呼吸できたし、芸術家をこきおろすほどの関心もなくなり、場合によっては、芸術家になりすますことも、はばかりなくやってみせることのできる融通無碍な心境になることもできた。（『ねむれ巴里』）

訪れる若者たちの誰もが夢心地になるパリで、ただ一人「素通しな人生」を送ることを決意した金子は、しかしながら、その困窮生活の底、詩も、芸術も先を競って逃げ出すような厳しく辛い生活のなかで、にもかかわらず二十世紀において、ヨーロッパにおいてさえ誰もなしえなかったような詩情溢れるパリの姿を描き出してみせた。

タクシーはおろか、メトロにも乗らず、パリのすみからすみまで、二本の足で放《ほう》つきあるくことは、しんどいことではあるが、たのしいことでもある。とりわけ、秋の十月、十一月、街路樹の落葉でレモン色の吹溜りになった袋小路など、古都巴黎《パリ》ならではの風情がのこっている。脚の疲労は、少々きつきに過ぎても、秋の散策は脂燭の焔の黄金《きん》のように、爽やかであって、目にも肌にも快い。枯葉の落ちかさなっているしたの黒土は、汗ばむように湿って、靴の踵をじっとりと吸いつける。ルクサンブール公園の鉄柵をアレジアに下ってゆく大通りの左側に、じつにみごとな落葉の吹溜りがある。並樹の枯葉は悉く、淡いレモン黄《エロー》になり、日本のような紅紫とりまぜたもみじの絢爛《けんらん》たる金襖もようとはまったく趣を異にしている。レモン黄のうず高い褥《しとね》のうえで、秋ももうよほど長《た》けて力の衰えをみせはじめた日だまりにふっかりと身を埋めてまどろむより快い眠りの床はほかにありそうもない。ふりつもった葉は、風とも言えないかすかな気配にも身じろぎ、そのたびに、耳にも入りがたい弦《いと》の、歯ぎしりに似た歔欷の声をあげて一ひら一ひら身じたくのできたものから、立ちあがって誘われるがままに冬の近い、さむざむとした舗道のうえを、ゆくえもしらず旅立つのであった。

（同）

かように詩神が執拗に金子を抱いて放さなかったのは、やはりどのような「素通し」の認識にも、詩の薄膜がかかってしまうためであろうか。むしろ、このようには考えられないか。詩は時に紗幕ではなく、むしろ人間のもっとも正確かつ、ぎりぎりの認識を絞りだすと。

しかり、金子光晴は、日本近代を代表する放浪詩人であると同時に、誰よりも正確な、仮借なき認識者であった。

幼時から、学校になじまず、休学と落第を繰り返し、十代前半から寄席、遊郭に入り浸り、何とか中学を卒業した後に、二つの大学と美術学校を転々として、学歴はそこで手仕舞いとなった。

義父の死去に伴い、莫大な財産を相続しながら、わずか数年で費いつくし、以降あてどのない暮らしに入る。

ヨーロッパ、中国、東南アジアを巡り、三十三歳のときに妻を年若い恋人と引き離すために、懐中にはほぼ一銭も持たぬままヨーロッパ行きを企て上海からマレー、インドシナと、一歩進んではその土地で先の旅費を稼ぐという困難きわまる旅に出る。『ねむれ巴里』は、その苦闘のパリ生活を、四十年余り後の七十八歳になってから回想した書物である。

若くして「つまらない人間になつてやろう」と決意した金子光晴は、強力に明治日本の立身出世第一主義を軽蔑しながら、しかしまたその嫌悪と訣別の一徹さはまさしく明治人の勁《つよ》さそのものであった。ゆえにその耽溺《たんでき》、沈潜《ちんせん》は、徹底したものであり、堕落につきものの浮薄さは微塵もなく、坂口安吾が宣言する数十年も前に、徹底的に堕落を生き抜いた。大戦中に、唯一人昂然《こうぜん》と反戦詩を書いたのも、「抵抗」などという安っぽいポーズのためではなく、徹底した堕落の姿勢が必然的に要請したものにほかなるまい。

この放浪の魂が、もっとも執着したのは、当然のことながら女性たちであった。生涯、死ぬその時まで、片時も女性たちを眺め、言葉や視線で、そして直接両方の掌で愛撫することを止《や》めなかった金子は、だがただの好色漢ではなかった。好色という水準をはるかにこえて、しっかりと、それこそ「素通し」に女性たちと金子は向かい合った。

何とかマレーで工面した金で、マルセイユに行く船に乗り込んだ金子は、同船の日本人たちの退屈さにやり切れず、中国人留学生たちの部屋に単身引っ越し、その男女二人ずつの生活に割り込み、腰を落ち着けてしまう。抗日運動に身を投じている彼らは強い反発を金子にたいして示すが、いつのまにかこの不敵な闖入者《ちんにゅうしゃ》を同居人として、言葉も心も通じないまま受け入れてしまう。

深夜、寝しずまった人たちのあいだで一人眼をさました僕は、しびれたような頭を持ちあげ、掛梯子をつたって下におりると、ふらふらしながら船室に立った。からだが伸びちぢみするひどい動揺であった。僕の寝ている下の藁布団のベッドで譚嬢は、しずかに眠っていた。船に馴れて、船酔いに苦しんでいるものはなかった。僕は、からだをかがみこむようにして、彼女の寝顔をしばらく眺めていたが、腹の割れ目から手を入れて、彼女のからだをさわった。じっとりとからだが汗ばんでいた。腹のほうから、背のほうをさぐってゆくと、小高くふくれあがった肛門らしいものをさぐりあてた。その手を引きぬいて、指を鼻にかざすと、日本人とすこしも変らない、強い糞臭がした。同糞同臭だとおもうと、『お手々つなげば、世界は一つ』というフランスの詩王ポール・フォールの小唄の一節がおもいだされて、可笑しかった。（同）

日中関係が、険悪をきわめていた時期に、しかも若いカップル二組が暮らす部屋に転がり込む金子の強さは、厚顔さと紙一重でありながらも見事である。女性を探るのにわざわざ肛門の匂いを嗅ぐところに、金子の真骨頂がうかがえる。それは好色でも、エロスでもない、野太い認識への決然とした姿勢にほかならない。その後、パリで再会した彼女を金子は突き放す。

抱いてもいいと彼女が前に立っていたが、僕は、細腰を抱きよせる興味がなかった。それに、景品みたいな、愚にもつかない Amour には、目下、腹が立ってしかたがない時だったので。（同）

（『ダ・ヴィンチ』二〇〇〇年二月号／『福田和也コレクション1』ベストセラーズ　二〇二一年三月）

暇と求婚

角田光代

ネパールは、ほかに旅したどんなところとも違った。人にたとえるなら、マイペースが過ぎて風変わりの域に達している人、という感じである。もちろんこれは単なる私感で、そんなふうに思わない旅人だっていっぱいいるだろうけれど。

観光客がたくさんいて、観光客向けの食堂やみやげ物屋が軒を連ねているのに、ことごとく観光地っぽくない。垢抜《あかぬ》けていないし、すれてもいない。人が大勢いてわさわさしているのに、なぜか静か。町が、観光客や住人たちのペースに、頑として巻きこまれないような印象がある。

ネパールの旅は、今思い出しても圧倒的に暇だった。いってみたい場所はたくさんあったし、実際そういうところを訪ねてまわった。日本人旅行者の友だちができて、よくいっしょにごはんを食べにいった。それなのに、旅しているときも「なんて暇な旅だろう」と思っており、今ふりかえっても、暇な旅の自己ベストスリーに確実に入る。もしかしたら、私自身があの場所のマイペースに巻きこまれていたのかもしれない。

カトマンズで数日過ごしたあと、ポカラに移動した。カトマンズもポカラも暇だった。暇だったから、本ばかり読んでいた。読む本がなくなると、古本屋にいって新たに本を購入して読んだ。

本はいつも四、五冊持っていく。ネパールに持っていった本には金子光晴があった。持参した本も、古本屋で買った本も読み終えてしまうと、くりかえし金子光晴を開いた。『どくろ杯』と『マレー蘭印紀行』である。

私はそれらの本を読みながら、過去の町を旅することはぜったいにできないのだなと、そんな当たり前のことを実感していた。金子光晴が鮮やかに描き出すマレーシアやシンガポールを読むうち、私は狂おしいほどその地を旅したくなったのである。マレーシアやシンガポールならば、以前に旅したことはある。けれど金子光晴の見たその場所へは、どうしたっていくことができない。

やむなく私は、目の前の光景と、金子光晴が見た景色を、重ねようとした。木々の緑や土埃や、屋根だけのチャイ屋や遠く霞む山を、一九二〇年代後半から三〇年代前半にかけてのマレーシア、シンガポールと思って眺める。そうすると、それらは次第にうまいこと溶け合って、はるか過去を旅している気分になった。何を見ても気持ちが震えた。暇な旅だからこそできた妄想トリップです。

カトマンズでもポカラでも、しょっちゅう停電があった。食堂でモモを食べているとぱちんと店内が暗くなる。部屋で歯を磨いていると突然真っ暗になる。すぐつく場合もあれば、なかなか復旧しないこともあった。不便なことこの上ないが、一九二〇年代を旅しているつもりの私は、妄想に拍車がかかってわくわくとうれしかった。

カトマンズでもポカラでも、ゲストハウスが多すぎて、通りを歩いていると必ず宿の客引きに声をかけられた。今、いくらの宿に泊まっているんだ？ と彼らは訊く。七ドル、と答えると、五ドルにしてやるからうちに移れ、と言う。こんなふうに宿を移り歩いて、結局私は四ドルの宿にいきついた。宿インフレなのだろう、四ドルの宿でも、ごくふつうの部屋だった。ベッドにはマットレスもシーツもあったし、部屋にはシャワーがついていて、天窓まであった。古びた机の引き出しに、藁半紙に包まれたガンジャが入ったままになっているのがちょっといやな感じだった程度である。

ポカラからカトマンズに帰り、前に泊まっていた宿にまたチェックインした。この宿の一階にほとんどいつも客のいないレストランがあって、出かけるにはまだ早い朝や、夕食前の時間を、私はここでつぶしていた。

あるとき珍しく、レストランに数人の客がいた。全員若い男。私が入っていくと、じろじろと見、お茶を飲みはじめると、最初は遠慮がちに、だんだん無遠慮に話しかけてきた。ひとり英語を話せる男の子がいて、彼がみんなの言葉を代表して訳す。どこの国の人？ カトマンズではどこにいった？ 何を食べた？ 最初はそんな話だったのだが、

いよいよ私のテーブルに全員がつき、リラックスして話し出すと、

「このなかのだれかと結婚する気、ない？」と言い出す。

「はあ？」と訊くと、彼は悪びれることなく、話しはじめた。

「日本人ってお金持ちだろ。きみたちが一年間働いて稼ぐお金で、こっちでは一生遊んで暮らせるんだよ。ぼくの友だちが日本人の女の人と結婚して、この近くにゲストハウス建てたんだけど、その費用だってぜんぶ彼女が出したんだ」

なるほど。逆玉の輿《こし》を狙っているってわけか。私はお金持ちではないし、ふつうの人が一年で稼げるお金すら稼げない（そのときは本当に仕事があまりなかった）、だから結婚しても無駄だよ、と言ったが、彼らはわいわいと話し続け、「どこそこでも奥さんが日本人で……家を新築して……」などと、日本人女は金持ち説を切々と訴える。まるで都市伝説のようだ。

いやいや私貧乏だから、とくりかえすのが面倒になって、

「ごはん食べにいきます。それではまた」と席を立つと、英語の話せる彼が、

「ごはんなら、こいつが連れていってやる」と、仲間内のひとりを立たせた。もっとも顔立ちの濃い、一般的にはハンサムな青年だった。

「こいつ、俳優なんだ。テレビに出てるんだよ。こいつがあなたをおいしいレストランに連れていくよ」と彼は言い、その濃いハンサムもうなずいている。濃いハンサムは決

して好みではなかったが、送り出されるまま濃いハンサムについていった。暇だったのだ。

濃いハンサムは、ちいさな日本食レストランに私を連れていった。私と彼は向き合って座ったが、彼は英語をしゃべれず、私はネパール語を解さないので、話すこともなかった。お見合いみたいにうつむいたり、店内のテレビを眺めたりしていた。コロッケ定食を食べていると、彼がテレビを指さして何か言う。テレビを見ると画面のなかに彼がいた。何かのコマーシャルだった。「あら、あなたじゃないの。すごいじゃないの」と言うと、照れくさそうに笑った。

濃いハンサムと私は会話のないままレストランを出た。宿に戻るとまださっきの男たちがいて、二人で並べ、写真を撮ってやると言う。二人で並ぶと、肩を組め、と言う。濃いハンサムはおずおずと私の肩に手をかけた。私のカメラで、英語の話せる彼が写真を撮った。

「もう寝ます。おやすみなさい」と頭を下げると、逆玉の輿の話はもうだれもせず、みんなにこにこと手をふった。町もだが、町の人もマイペースなのである。

部屋に戻り、へんな夜だったと思いながら金子光晴をまた読んだ。一瞬にして言葉が見せる光景に魅せられ、濃いハンサムとの奇妙な食事は遠ざかる。本を読みふけっていると、またしても部屋の電気がぱちんと消えた。本から顔を上げる。電気が消えたのに部屋はほの明るい。上を向くと、斜めについた天窓いっぱいに星空が見えた。ぎょっとするくらいの星だった。私はしばらく四角い星空に見入った。金子光晴もこんなふうに星空を見上げていただろうと、確信のように思った。私はとうに亡くなった詩人とおんなじ星空を見ているのだと思った。

部屋の戸がノックされ、宿のスタッフが蠟燭を手渡して去っていった。蠟燭の明かりで本を読み続けた。

あのときは気づかなかった。圧倒的に暇だった私のあの旅も、金子光晴のマレー蘭印と同じく、この先どうしたって二度とくりかえすことのできないものであり、二度といくことのかなわない場所なのだと。

ネパールの旅から十年近くたって、ときどき思い出す。金持ち日本人女を娶《めと》ることを夢見る男の子たち、テレビに出ていた濃いハンサムとの不思議な食事、それから窓にへばりついた星空と、揺れる蠟燭の明かり。二度と旅することのできない場所と、二度と会うことのない、名前も知らない人のこと。

（『本の旅人』二〇〇八年一一月号／『幾千の夜、昨日の月』角川文庫　二〇一五年一月）

「自由な関係」を探しに

山崎ナオコーラ

『どくろ杯』は、関東大震災から始まる。震災後の東京で、金子光晴は大恋愛を経験する。その恋愛が、その後の大旅行へと繋がっていくのである。

自伝とも旅行記とも小説とも呼べそうな、『どくろ杯』『ねむれ巴里』『西ひがし』の三部作は、第二次世界大戦が始まる直前の時期に、七年もかけて世界旅行をした若い頃の体験を、晩年になってから金子が書き綴った、傑作である。

東日本大震災後に読み返すと、荒れた心や町をそのまま書き起こす金子の筆がとてつもなく自由に感じられた。今の私たちは、モラルにがんじがらめになっていて、震災について何かを書くとなれば、モラリストにならざるを得ない。だが、金子は常識や善悪にしばられない。世間の風向きなど気にせずに、自由に生きて、正直に書いている。

ともかくも荒廃した東京で、金子は森三千代と出会った。そうして結婚後に、彼女が今で言うところの「不倫」をしたとき、それを責めることはせず、許すのは当たり前とした。リベラルな金子である。しかし、引き離したいという思いはあったようで、彼女と彼女の恋愛相手との間に距離を作るために、自分と一緒に旅行に出よう、と誘う。

その世界旅行の目的地がパリだったのは、彼女の憧れの土地だったからである。夢の場所に連れていく、という名目で、金子は彼女を引っ張って船に乗るのだ。一九二八年、金子三三歳、森三千代二八歳のときのことだった。三歳の長男を森三千代の実家にあずけ、長崎からまずは上海に渡り、それからマレーシア、インドネシアなど東南アジアを巡る。パリへ行く、と言いつつも、アジアで何年もの月日が流れてしまったのは、金がないからだった。貯金もなく稼ぐ当てもないのに、よくもまあ、パリへ行くなんてことを考えついたものだ、と呆れたくもなるが、そのむこうみずさが金子の魅力である。森三千代が、他にも恋人を作りながらも、結局は金子と付き合い続けた理由も、その辺りにあるのではないだろうか。文学を志していた彼女だから、パリを見てみたい、フランス語を勉強したい、という向学心も確かに抱いていただろうが、金子と一緒にいると先が見えない、という、その不安感がかえって麻薬のように利いて、旅の原動力になったようにも思える。未来が見える恋人とは別れ易いが、どうなるのか読めない男とは離れ難いものである。二人は不思議な距離感のままパリに向けての旅行を続ける。金子は絵を描いたりエロ小説を書いたりしてなんとか金を作ろうとする。しかし、なかなか旅費が貯まらない。シンガポールでいったん別れ、森三千代はひとりで先にパリへ向かうのだった。

その後、なんとか金を集めて金子も渡仏して、彼女のいるホテルを探し当て、その部屋をノックする。「僕だよ。金子……」とドア越しに名乗り、「来たの？」と答えた彼女に対し、

「入っても、大丈夫なの？」

と念を押してなかなか入ろうとしないところはさすがである。森三千代が他の男と一緒である可能性を考えているのだ。金子は、常に女を自由にさせておく。自分だけの存在だなんて露ほども考えない。誰と付き合っても彼女の自由、急に自分のことを捨てるのも彼女の自由、と捉えているのだ。他の男を部屋に入れていたとしても、自分に怒る権利があるなどとは考えない。

『ねむれ巴里』の中で、金子は「シャンジュ・シュバリエ」という言葉を何度も使っている。はじめに、このように説明している。「シャンジュ・シュバリエは、パーティの踊りの途中の掛声で、即座におどりのあいてを変えることであることは、皆様御承知のことどおもうが、フランス国巴里（中国では巴黎と書く）は、まことにシャンジュ・シュバリエの土地柄である」。つまり、ひとりの人と添い遂げるのが人生の決まり事、と日本では思われがちだが、相手を変えていくという人生観だってあるのだ、とパリで感じたのだ。

とはいえ金子はその後、たまに他の女と交流しつつも、八〇歳で死ぬときまで、森三

千代との付き合いを続けるわけだから、人生の中でどんどん恋人を変えていきたいといった意味合いで「シャンジュ・シュバリエ」という言葉を多用しているのではないだろう。要は、決まり事だからひとりの人と添い遂げる、というのではなくて、しばられないままに相手と付き合っていく、というのをやりたかったのではないだろうか。お互いが自由のまま、その瞬間瞬間で、それでもいつもお互いを選んでいく。

金子はパリでの日々でもやはり、森三千代を解き放している。彼女はダンスのレッスンに出かけたりアルバイトの口を見つけたり……、金子は散歩をしたり金を借りにいったり……、ほとんど別行動をしている。物価の高いパリでの生活はとても厳しかったらしく、金子は恐喝まがいのことをして金集めをするしかなかったようだ。そんな生活の描写を追っていくと苦しい気持ちにもなるのだが、「自由な関係」を何よりも大事にして人生を作ろうとしている若い二人には喝采をおくりたくなるのである。

（「ふらんすへ行きたし　7」『ふらんす』二〇一一年一〇月号）

私がいちばん読み返した本

高野秀行

今までいちばん面白かった本は何かと聞かれると答えに窮するが、「今までいちばん読み返した本は？」だったら、即答できる。

金子光晴の『どくろ杯』。

日本近現代を代表する詩人が、若き日の放浪を七十代後半になって思い起こして書いた自伝とも紀行文とも私小説ともつかない物語だ。

元来、同じ本を何度も読む質でない私がいったいこの本を何度読んだことだろう。十回どころではない。本を購入した回数だけで十回を超えてしまう。

もちろん、うちには必ず『どくろ杯』及びその続篇である『ねむれ巴里』『西ひがし』、そしてテイストはちがうがやはり同時期の旅を描いた『マレー蘭印紀行』が常備されている。でも、どこか外にいるとき、ふと、「『どくろ杯』が読みたい！」という強烈な欲求にかられるときがある。そんなとき、最寄りの書店に駆け込んで買う。

日本にいるときだけではない。外国でも同じ。いや、むしろ外国での方が多いか。特にバンコクの紀伊國屋書店では三回くらい買った記憶がある。ロンドンやパリでも探したが、見つからずに悔しい想いをした。Kindle を購入したときも真っ先にダウンロードしたのは『どくろ杯』だった。

ではこの本のどこがそんなに好きなのかというと、「全部が好き！」と初恋中の女子中学生のような叫びになってしまう。

いや、実際そうなのである。本書はまず文章がすばらしい。金子光晴は十代半ばで漢籍と江戸の戯作を耽読し、二十代前半でフランスに遊学もしている。寄席や講談、芝居の「通」でもあった。つまり、ふつうの人が大学を卒業するかどうかの年齢で、やまとことばと漢語と横文字を、それも文語と口語の両面で自在に操ることができた天才なのだ。

あふれんばかりの教養を持ちながら、光晴は頭でものを考えるより皮膚感覚や匂いといった生理的なものを偏愛する人だった。のちに妻となる森三千代と初めてキスをしたあとの文章をご覧いただきたい。

寮の門限を気にして、あわてて彼女が帰っていったあと、風は落ちて、表障子にさすまっ正面の夕日が、玄関の格子戸の影を映して、百梃《ちょう》の蠟燭《ろうそく》を立ててその焔が、一ゆらぎもしない瞬間のようにみえた。動顛していた私のこころも、こっとりと納っていた。彼女を抱きよせたときに辷り落ちた灰銀いろのゴム製の束髪櫛が、炬燵布団の裾にあるのを私はひろいあげ、胸の肌にじかにあてていると、それはすぐ人肌になった。……

もっともっと引用したいのだけど、ここまでで我慢する。読者の心のひだにすいつき、毛細血管の隅々にまで行き渡るような達意の名文である。この本はほとんどがこんな名文に埋め尽くされている。

でも光晴の文章のすごいところは、物語も起伏に富んで面白く、しかも巧まずして笑える箇所が随所にみうけられるところ。

上海滞在中、「処女の頭蓋骨でつくった」という「どくろ杯」を見せられる（本書の表題はこの逸話に由来する）。そのとき彼はこの少女の頭がどのようにして獲られたのかを想像して曰く、「私の御座敷用のヒュウマニズムがぐらぐらするのをおぼえた」。

よく言ったものである。光晴は理念としてのヒュウマニズムを持ち合わせているが、信じてはいない。人間はそんなに立派なものではないと知っている。だからこそ、「御座敷用」という。この思想の強靭さに感嘆しつつ、私の脳裏にはゴム人形のような「ヒュウマニズム」が座敷に正座して、どくろ杯をまえにぐらぐら揺れている場面が浮かび、くくくと思わず笑みがもれてしまう。

元気がないときに読めば励まされ、何かに頑張ろうと思うときは肩の力みがとれる本。人生はくだらないけど捨てたものでもないと思わせる本。何度読んでも新しい発見と喜びがある本。それが『どくろ杯』なのである。

（『日本近代文学館館報』二〇一六年三月一五日）

旅の混沌

沢木耕太郎

1

金子光晴について、私にはひとつの疑問があった。

かつて開高健が山本周五郎を評して「晩年の十年ほどに氏は圧倒的な大勝を得た」と語ったことがある。それは山本周五郎が、不遇の青年期から、ただ読者によってのみ支えられていた壮年期を経て晩年に入ったとき、世俗的に大きな迎えられ方をしたことをさしている。その意味では、金子光晴もまた「晩年に大勝を得た」ひとりであるかもしれない。そして、その勝利を決定づけたのは、『どくろ杯』から『ねむれ巴里』『西ひがし』と続く「三部作」を生み出したことによると思われる。それらの、六十年に及ぼうという生涯の執筆活動の背骨ともなるべき傑作が書かれなければ、いくら洒脱なフーテン老人ともてはやされようとも、ジャーナリズムにおける最晩年の、あの異常なまでの

「ブーム」は起こらなかっただろう。

その「三部作」は、自伝であると同時に紀行文であり、ノンフィクションを装いながらフィクショナルな変形も恐れない、という複雑な貌《かお》を持っている。だが、その出現が多くの読者を驚かせ魅了した最大の理由は、五年に及ぶ破天荒な「旅」そのものにあったと思われる。それがどれほど破天荒なものであったかは、他の文士の手になる紀行文と読み比べてみるとよくわかる。期限もなく目的もなく始めた異邦への旅を、いったいどのように終わらせたものかと思い迷いながら、気がつくと五年もの歳月が過ぎていた。そんな紀行文など、戦前戦後を通じてもありはしないのだ。

ところが、この「三部作」をひとつの長大な紀行文として読むと、同じ金子光晴の、それも同じ旅の一部を描いたはずの『マレー蘭印紀行』と、まったく異なる印象を受けることに驚かされる。その違いの理由を、三部作が書かれたのが一九七〇年以降であり、『マレー蘭印紀行』が出版されたのが一九四〇年だという、時間の隔たりに求めることはいちおう許されるかもしれない。三十年もたてばさまざまなことが変化するだろうよ、と。しかし、その両者には、単なる時間の経過によるだけのものとは思えない本質的な差異があるのだ。

2

『マレー蘭印紀行』は極めて独特な作品だといえる。たとえば、一九六〇年発行の修道社版世界紀行文学全集の『南アジア編』には、『マレー蘭印紀行』が出た一九四〇年前後に記された他の作家による紀行文も多く収められているが、そのどれもが『マレー蘭印紀行』とは違った書き方がされている。書き手である「私」がいて、訪れた先の「土地」がある。すべてがそのように描かれている。だが、『マレー蘭印紀行』には、「土地」はあるが「私」は存在しないのだ。とりわけその中心をなすマレー紀行には、ほとんど「眼」と「耳」と化し、ひたすら「土地」を映すことに専念しているかに見える金子光晴が存在するだけである。唯一、「バトパハ」の章で、米粉《ビーフン》の丼に入っている小さなイカを見て、日本に残してきた幼い息子を思い出すというシーンが出てくるが、それはこの作品の中では唐突という感じが否めないほど例外的なものである。『マレー蘭印紀行』における「眼」と「耳」、とりわけ強い光を放って「土地」を凝視している「眼」は、当時もそれ以降も充分に異様だったらしく、先に挙げた修道社版世界紀行文学全集の『南アジア編』には、夫人の森三千代の文章が二編収録されているにもかかわらず、金子光晴はまったく収められていない。編者たちもどのように位置づけていいかわからなかったものと思われる。

一方、『どくろ杯』『ねむれ巴里』『西ひがし』の「三部作」には、「私」しか存在しないといってもよい。「土地」は「私」を語るための道具立てに過ぎなくなっている。旅をしている「私」はいる。歩いている「私」はいる。だが、「土地」が希薄なのだ。

そして、不思議なことに、その結果として、『マレー蘭印紀行』にも『どくろ杯』以下の「三部作」にも、いきいきとした「旅」が存在しないことになった。

旅とは何か。比喩的に語るとすれば、旅とは移動によって起こる風に触れることである。旅を書くとはそこで触れた風を描くことにほかならない。風を湧き立たせるものとしての「土地」があって、風を感じるものとしての「私」がいる。紀行文はそのどちらが欠けても成立しない。

その意味では、『マレー蘭印紀行』も「三部作」も、どちらも紀行文としては欠けるものがあった。私が疑問だったのは、作品としての質の高さとは別に、それらが紀行文としては異形のものとなってしまったのはなぜか、ということだった。

3

この一カ月、私は金子光晴を読んで暮らした。机に中央公論社版全集十五巻を積み上げ、森三千代をはじめとする周辺の人々が記した文章と共に読んでいった。すると、ある時、これまで曖昧だったものがゆっくりと整理され、疑問が解きほぐされていくように感じられる文章に遭遇することになった。それは「フランドル遊記《ゆうき》」と題された手記で、『マレー蘭印紀行』よりも前にあの破天荒な旅の一部を描いたものだった。堀木正《ほりきまさ》路《みち》の『金子光晴　この遅れてきた江戸っ子』で、全集にも収録されなかった「フランドル遊記」という文章があるのを知り、さっそく手に入れて読んでみたのだ。

それはタイトル通りの紛れもない紀行文だった。さして長くないその「フランドル遊記」には、『マレー蘭印紀行』にも「三部作」にもなかった「旅」が存在していた。つまり「私」も「土地」も存在していたのだ。いくつかの掌編が無造作に並べられているだけのその紀行文には、旅の意味を必死でつかみ取ろうとしている若き日の金子光晴がいて、身も心も軋《きし》むような格闘を続けている相手としての異邦が存在する。そしてそこでの金子光晴は、『マレー蘭印紀行』における金子光晴とは違い、異邦に点在する「小さな日本」を転々とするだけではなく、焦燥をもたらすと同時にそれを癒してくれもする異邦の風土と人々の中に深く身を浸していたのだ。

この「フランドル遊記」には、旅を形作っているあらゆるものが顔をのぞかせ、紀行文として大きく生育していく無限の可能性が秘められていた。だが、当時の金子光晴には、これを一貫性のある長篇に仕立てあげることはできなかった。旅は混沌の中にあり、妻との関係もまた見定めがたいものだった。だから彼は、その最後にこう書かなければならなかったのだ。

記述は単調で、骸骨のようだ。しかし、それ以上委細《いさい》な記述は更に、もっと適当な形式で記述されるであろうから、──しかし、その機会が失われるときのメモとして、私はここに書きつけを置いたのである。

だが、金子光晴は、それ以後も、長くその旅の全体を描くにふさわしい「適当な形式」を見つけることができなかった。

旅の意味も、妻との関係も確定できない。そこで『マレー蘭印紀行』の金子光晴は、依然として混沌の中にある「旅」から「私」を切り離し、自然と在留邦人の話を中心に「土地」を描くことに専念したのだ。その結果、旅している「土地」はくっきりと浮かび上がったが、旅している「私」は背後に隠れることになってしまった。『マレー蘭印紀行』では旅をしている「私」を描く位置が見つからなかったのだ、と言い換えてもよい。だから、ただ見る者として自分を設定したのだ、と。

だが、その三十年後に書かれた「三部作」では、全面的に「私」を表出できるようになっていた。旅の同行者であった妻との関係も落ち着くところに落ち着き、自分にとっての旅の意味も明らかになった。金子光晴という樽に仕込まれた旅の酒は、ただ注がれるだけになっていたのだ。しかし、その時、「旅」はすでに遠いものになっていた……。

断片的で未完の「フランドル遊記」が、この破天荒な旅における、唯一の紀行文らしい紀行文となった事情はそのようなものではなかったかという気がする。

もしこの旅の全体が「フランドル遊記」の方向で書かれていたらどうなっていただろう。「晩年の大勝」という劇的なことは起こらなかっただろうが、戦前の日本の文学風土に風穴を開ける、広がりのある文学が誕生したことは間違いないように思う。そしてそれは、『マレー蘭印紀行』や「三部作」のような孤絶した作品ではなく、それ以後の日本文学にひとつの流れを作る源流になったようにも思えるのだ。

（『新潮日本文学アルバム45　金子光晴』一九九四年二月／『作家との遭遇　全作家論』新潮社　二〇一八年一一月）

バトパハ市街
光晴

金子光晴／森三千代　放浪の旅程

一九一九（大正八）――光晴24歳

2月11日　第一次洋行へ、神戸より佐渡丸にて出航。
3月末　イギリス、リバプールに着く。
3月末～5月　ロンドンに滞在。
5月　ブリュッセル郊外ディーガムにて、日本の根付蒐集家ルパージュと出会う。ルパージュ邸前の居酒屋に下宿。

一九二〇（大正九）――光晴25歳

11月　パリ滞在。
12月半ば　マルセイユから日本へ向け出航。

一九二一（大正一〇）――光晴26歳

1月末　神戸着。

一九二四（大正一三）――光晴29歳／三千代23歳

3月　光晴と三千代、出会う。

7月　結婚。

一九二五（大正一四）――光晴30歳／三千代24歳

3月1日　長男・乾誕生。

4月　乾を長崎の三千代の実家にあずけ、夫婦で上海へ。一ヵ月滞在。

一九二七（昭和二）――光晴32歳／三千代26歳

3月　光晴、乾を三千代の実家にあずけ、上海へ。約三ヵ月滞在。その留守中、三千代は土方定一と恋におちる。

一九二八（昭和三）――光晴33歳／三千代27歳

6月　猩紅熱で入院中の三千代に、生活苦と恋愛問題打開のためヨーロッパ行を提案。

7月8日　光晴、三千代渡欧記念・詩集『篝火』出版記念会。

9月1日　放浪の旅へ出発する。

秋の終わり　長崎に到着。

12月　連絡船で上海へ渡る。

一九二九（昭和四）――光晴34歳／三千代28歳

5月　金策のため香港に一ヵ月滞在。
6月半ば　シンガポール着。大黒屋ホテルの貸間に一ヵ月ほど滞在。
7月10日　バタヴィア（現在のジャカルタ）着。
9月26日　バタヴィアを出発、ペカロンガン、スマラン、ソロ王国ジョクジャ汗国を周遊。ボロブドル仏蹟を見る。
10月半ば　バタヴィアに戻り、シンガポールへ帰る。
11月半ば　三千代ひとり、パリへ先行する。光晴は金策のためマレー半島を旅する。滞在地は、シンガポール、ジョホール、スレンバン、クアラルンプウル、イポ、バッタワース、ピナン島、メダンなど。　――『マレー蘭印紀行』
11月28日　三千代、パリに着く。　――『どくろ杯』
12月　光晴、シンガポールから諏訪丸でパリへ向け出航。

一九三〇（昭和五）——光晴35歳／三千代29歳

1月2日　パリの三千代と合流。ホテル、下宿を転々とする。
11月末　三千代ひとり、職を得てアントワープへ。

一九三一（昭和六）——光晴36歳／三千代30歳

光晴、ルパージュを頼り、ブリュッセルへ。
3月9日　求職のため、協議離婚。——『ねむれ巴里』
10月　光晴、マルセイユからシンガポールへ出航。
12月初め　光晴、シンガポール着。

一九三二（昭和七）——光晴37歳／三千代31歳

4月　三千代、先に帰国。
〜5月　光晴、マレー半島旅行。
5月14日　光晴、シンガポールを発ち帰国。神戸着。——『西ひがし』

執筆者一覧

金子光晴（かねこ・みつはる）一八九五〜一九七五　詩人

I

開高健（かいこう・たけし）一九三〇〜一九八九　小説家
寺山修司（てらやま・しゅうじ）一九三五〜一九八三　歌人、劇作家

II

森三千代（もり・みちよ）一九〇一〜一九七七　詩人、作家。金子光晴の妻
松本亮（まつもと・りょう）一九二七〜二〇一七　詩人、金子光晴全集編集委員

III

秋山清（あきやま・きよし）一九〇四〜一九八八　詩人、金子光晴全集編集委員
永瀬義郎（ながせ・よしろう）一八九一〜一九七八　画家
阿部良雄（あべ・よしお）一九三二〜二〇〇七　仏文学者
茨木のり子（いばらぎ・のりこ）一九二六〜二〇〇六　詩人
吉本隆明（よしもと・たかあき）一九二四〜二〇一二　詩人、評論家

中西悟堂（なかにし・ごどう）一八九五〜一九八四　詩人、野鳥研究家
清岡卓行（きよおか・たかゆき）一九二二〜二〇〇六　詩人、小説家
窪田般彌（くぼた・はんや）一九二六〜二〇〇三　仏文学者、詩人
草野心平（くさの・しんぺい）一九〇三〜一九八八　詩人
田村隆一（たむら・りゅういち）一九二三〜一九九八　詩人、翻訳家

Ⅳ

奥本大三郎（おくもと・だいざぶろう）一九四四〜　仏文学者、作家
小林紀晴（こばやし・きせい）一九六八〜　写真家、作家
島尾伸三（しまお・しんぞう）一九四八〜　写真家、作家
福田和也（ふくだ・かずや）一九六〇〜　文芸評論家
角田光代（かくた・みつよ）一九六七〜　作家
山崎ナオコーラ（やまざき・なおこーら）作家
高野秀行（たかの・ひでゆき）一九六六〜　ノンフィクション作家
沢木耕太郎（さわき・こうたろう）一九四七〜　ノンフィクション作家

編集付記

一、本書は、金子光晴の紀行『マレー蘭印紀行』『どくろ杯』『ねむれ巴里』『西ひがし』に関するインタビュー、エッセイを独自に編集し、一冊としたものです。文庫オリジナル。

一、金子光晴の対談、夫人・森三千代のインタビュー、同時代評、現代作家のエッセイをまとめ、四部構成としました。

一、初出と底本は各篇の末尾に記しました。

一、明らかな誤植と思われる箇所は訂正し、表記のゆれは各篇ごとの統一としました。金子光晴作品の引用は『金子光晴全集』（中央公論社）に合わせました。

一、本文中に今日では不適切と思われる表現もありますが、発表当時の時代背景と作品の文化的価値に鑑みて、底本のままとしました。

中公文庫

金子《かね こ》光晴《みつはる》を旅《たび》する

2021年6月25日　初版発行

著　者　金《かね》子《こ》光《みつ》晴《はる》／森《もり》三《み》千《ち》代《よ》　他《ほか》

編　者　中央公論新社《ちゅうおうこうろんしんしゃ》

発行者　松田陽三

発行所　中央公論新社
〒100-8152　東京都千代田区大手町1-7-1
電話　販売　03-5299-1730　編集　03-5299-1890
URL http://www.chuko.co.jp/

ＤＴＰ　ハンズ・ミケ
印　刷　三晃印刷
製　本　小泉製本

Published by CHUOKORON-SHINSHA, INC.
Printed in Japan　ISBN978-4-12-207076-9 C1195

中公文庫既刊より

各書目の下段の数字はISBNコードです。978－4－12が省略してあります。

か-18-8
マレー蘭印紀行
金子光晴
昭和初年、夫人三千代とともに流浪する詩人の旅はいつ果てるともなくつづく。東南アジアの自然の色彩と生きるものの営為を描く。〈解説〉松本　亮
204448-7

か-18-7
どくろ杯
金子光晴
『こがね蟲』で詩壇に登場した詩人は、その輝きを残し、夫人と中国に渡る。長い放浪の旅が始まった――青春と詩を描く自伝。〈解説〉中野孝次
204406-7

か-18-9
ねむれ巴里
金子光晴
深い傷心を抱きつつ、夫人三千代と日本を脱出した詩人はヨーロッパをあてどなく流浪する。『どくろ杯』につづく自伝第二部。〈解説〉中野孝次
204541-5

か-18-10
西ひがし
金子光晴
暗い時代を予感しながら、喧噪渦巻く東南アジアにさまよう詩人の終りのない旅。『どくろ杯』『ねむれ巴里』につづく放浪の自伝。〈解説〉中野孝次
204952-9

か-18-14
マレーの感傷　金子光晴初期紀行拾遺
金子光晴
中国、南洋から欧州へ。詩人の流浪の旅を当時の雑誌掲載作品や手帳などから編集する。晩年の自伝三部作へ連なる原石的作品集。〈解説〉鈴村和成
206444-7

か-2-3
ピカソはほんまに天才か　文学・映画・絵画…
開高　健
ポスター、映画、コマーシャル・フィルム、そして絵画。開高健が一つの時代の類いまれな眼であったことを痛感させるエッセイ42篇。〈解説〉谷沢永一
201813-6

か-2-6
開高健の文学論
開高　健
抽象論に陥ることなく、徹頭徹尾、作家と作品だけを見つめた文学批評。内外の古典、同時代の作品、そして自作について、縦横に語る文学論。〈解説〉谷沢永一
205328-1

か-2-7
小説家のメニュー
開高　健
ベトナムの戦場でネズミを食い、ブリュッセルの郊外の食堂でチョコレートに驚愕。味の魔力に取り憑かれた作家による世界美味紀行。〈解説〉大岡　玲
204251-3

て-2-3
ぼくが戦争に行くとき　反時代的な即興論文
寺山修司
寺山修司が混とんとする日本と対峙した随想集。現代社会にも警笛を鳴らす叫びでもある。個性ある文体で社会を論じた。待望の初文庫化！〈解説〉宇野亞喜良
206922-0

た-43-2
詩人の旅　増補新版
田村隆一
荒地の詩人はウイスキーを道連れに各地に旅立った。北海道から沖縄まで十二の紀行と「ぼくのひとり旅論」を収める〈ニホン酔夢行〉。〈解説〉長谷川郁夫
206790-5

く-25-1
酒味酒菜
草野心平
海と山の酒菜に、野バラのサンドウィッチ……。詩作のかたわら居酒屋を開き、酒の肴を調理してきた著者による、野性味あふれる食随筆。〈解説〉高山なおみ
206480-5

よ-15-9
吉本隆明 江藤淳 全対話
吉本隆明
江藤　淳
二大批評家による四半世紀にわたる全対話を収める。『文学と非文学の倫理』に吉本のインタビューを増補し改題した決定版。〈解説対談〉内田樹・高橋源一郎
206367-9

か-61-1
愛してるなんていうわけないだろ
角田光代
時間を気にせず靴を履き、いつでも自由な夜の中に飛び出していけるよう…好きな人のもとへ、タクシーをぶっ飛ばすのだ！　エッセイデビュー作の復刊。
203611-6

か-61-2
夜をゆく飛行機
角田光代
谷島酒店の四女里々子には「ぴょん吉」と名付けた弟がいて……うとましいけれど憎めない、古ぼけてるから懐かしい家族の日々を温かに描く長篇小説。
205146-1

か-61-3
八日目の蟬《せみ》
角田光代
逃げて、逃げて、逃げのびたら、私はあなたの母になれるだろうか……。心ゆさぶるラストまで息もつがせぬ傑作長編。第二回中央公論文芸賞受賞作。〈解説〉池澤夏樹
205425-7

各書目の下段の数字はISBNコードです。978-4-12が省略してあります。

か-61-4
月と雷
角田光代
幼い頃暮らしをともにした見知らぬ女と男の子。再び現れたふたりを前に、泰子の今のしあわせが揺らいで……偶然がもたらす人生の変転を描く長編小説。
206120-0

か-61-5
世界は終わりそうにない
角田光代
恋なんて、世間で言われているほど、いいものではない。それでも……愛おしい人生の凸凹を味わうエッセイ集。三浦しをん、吉本ばなな他との爆笑対談も収録。
206512-3

た-24-3
ほのぼの路線バスの旅
田中小実昌
バスが大好き——。路線バスで東京を出発して東海道を西へ、山陽道をぬけて鹿児島まで。コミさんのノスタルジック・ジャーニー。〈巻末エッセイ〉戌井昭人
206870-4

た-24-4
ほろよい味の旅
田中小実昌
好きなもの——お粥、酎ハイ、バスの旅。「味な話」「酔虎伝」「ほろよい旅日記」からなる、どこまでも自由で楽しい食・酒・旅エッセイ。〈解説〉角田光代
207030-1

た-15-10
富士日記（上）新版
武田百合子
夫・武田泰淳と過ごした富士山麓での十三年間を克明に描いた日記文学の白眉。昭和三十九年七月から四十一年九月分を収録。〈巻末エッセイ〉大岡昇平
206737-0

た-15-11
富士日記（中）新版
武田百合子
愛犬の死、湖上花火、大岡昇平夫妻との交流。昭和四十一年十月から四十四年六月の日記を収録する。田村俊子賞受賞作。〈巻末エッセイ〉しまおまほ
206746-2

た-15-12
富士日記（下）新版
武田百合子
季節のうつろい、そして夫の病。山荘でともに過ごした最後の日々を綴る。昭和四十四年七月から五十一年九月までを収めた最終巻。〈巻末エッセイ〉武田花
206754-7

ち-8-6
富士日記を読む
中央公論新社編
小川洋子、苅部直、平松洋子、村松友視各氏による書き下ろしエッセイと、各紙誌に掲載された書評を収録。写真多数、文庫新版に対応する人物索引を付す。
206789-9